Bienvenue à Paris!

彩·繪·輕·鬆·記

漫步巴黎學法語

穿梭巴黎大街小巷逛街·購物·品嚐美食…
在浪漫氛圍中輕鬆學習法語單字！

小松久江·著

河合美波·繪

Sommaire
●目次

這是一本法文初學者也能輕易上手的繪本風格單字學習書。若您計劃到法國旅行、或是在法國做短期居留，生活中可能遇到的基本單字或實用短句，都能在本書中找到。

■書中的法語標示

法文裡的所有名詞，都分為陽性名詞與陰性名詞。而修飾名詞的形容詞也會視名詞的陰陽性而產生語尾的變化。這些區別，在本書中是這樣標示的。

名　詞

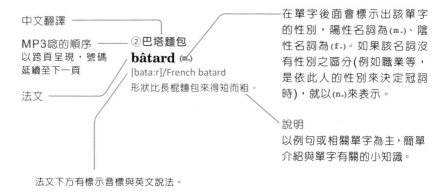

1　單字已有固定的性別時

中文翻譯 ────

MP3唸的順序
以跨頁呈現，號碼
延續至下一頁

法文 ────

②巴塔麵包
bâtard (m.)
[bata:r]/French batard
形狀比長棍麵包來得短而粗。

在單字後面會標示出該單字的性別，陽性名詞為(m.)、陰性名詞為(f.)。如果該名詞沒有性別之區分(例如職業等，是依此人的性別來決定冠詞時)，就以(n.)來表示。

說明
以例句或相關單字為主，簡單介紹與單字有關的小知識。

法文下方有標示音標與英文說法。

如果該單字通常以複數形使用，會再加上表複數的(pl.)。

⑫眼鏡
lunettes (f. pl.)
[lynɛt]/glasses

2　依性別變化語尾的單字

⑩狗
chien (m.)
chienne (f.)
[ʃjɛ̃, -ɛn]/dog

陽性名詞加上字尾變成陰性名詞時，加上的字尾以橘色表示，音標上不同之處也以橘色表示。

⑬火雞肉
dindon (m.)
[dɛ̃dɔ̃]
dinde (f.)
[dɛ̃d]/turkey

字尾的拼法或讀法不同時，此部分的拼法與音標，陽性以藍色、陰性以橘色表示。

形容詞

1
修飾陽性名詞時，直接用字典上的形容詞即可。修飾陰性名詞時，必須在字尾加上e。

㉔開朗的
gai(e)

字尾加了e，但發音不變。

⑨大的
grand
grande
[grɑ̃, -d]

字尾加了e之後發音改變的標記，變化的部分以橘色標示。

2
修飾陽性名詞與陰性名詞時，字尾的變化較大。

㉞輕薄的
léger
légère
[leʒe, -ɛr]

修飾陽性名詞時的字尾是藍色，修飾陰性名詞時的字尾以橘色表示。與名詞一樣，用顏色來區分發音不同之處。

■本書的頁面配置

MP3曲目的對應號碼

類別標題

會話短句

補充與附註
補充說明有關法國的資訊或法文的小常識，這些文章可和章節末的短篇文章一起閱讀。

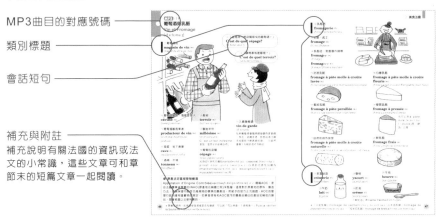

■關於MP3

MP3中的所有單字或句子，是根據書中的中文→法文的順序收錄。請讀者務必一邊聽著MP3一邊跟著讀出聲音。經常反覆聆聽MP3中法文老師的發音，並跟著老師唸出聲音，您將學到一口道地而漂亮的法文。

此外，從高處摔落MP3或弄髒錄音面，會使MP3容易損壞，使用時請小心謹慎。

章	頁碼	曲目號碼	章	頁碼	曲目號碼
1	8	01	5	86	36
	10	02		88	37
	12	03		90	38
	14	04		92	39
	16	05		94	40
	18	06		96	41
2	22	07		98	42
	24	08		100	43
	26	09		102	44
	28	10		104	45
	30	11	6	108	46
	32	12		110	47
	34	13		112	48
	36	14		114	49
	38	15		116	50
	40	16	7	120	51
	42	17		122	52
	44	18		124	53
	46	19		126	54
3	50	20		128	55
	52	21	8	132	56
	54	22		134	57
	56	23		136	58
	58	24		138	59
	60	25		140	60
4	64	26		142	61
	66	27		144	62
	68	28		146 (法文字母)	63
	70	29	附贈音樂『au café』		64
	72	30			
	74	31			
	76	32			
	78	33			
	80	34			
	82	35			

●本書收錄曲
『au café』(作曲:老川瑞枝)

●MP3法語發聲

Sonia Tissot 孫晴亞 老師

師大法語中心法籍教師

法國里昂第2大學法語教學博士預備生

●MP3中文發聲

常青 老師

1

漫步巴黎街頭

Faire un tour sur Paris

[fɛːr ɶ̃ tur syr pari]

　　不管走到哪裡，巴黎的街景都像是一幅幅美麗的圖畫。巴黎可說是法國這個觀光大國的珍貴寶藏。如同羅浮宮的玻璃金字塔一般，這裡處處充滿許多新舊融合的美感，巴黎，總是帶給我們許多新鮮驚喜！不要再執著巴黎「高不可攀」的形象了！近年來漫畫、卡通等日本流行文化也在法國迅速崛起，日本愈來愈受到年輕人的歡迎。

歡迎來巴黎！
Bienvenue à Paris!
[bjɛ̃vəny a pari]

「巴黎」這個名稱是源於西元四世紀，由住在此地區的土著民族「巴黎希人」所命名的。西元987年開始成為法國的首都，現在是一個擁有多元種族與文化的國際都市。

① 法蘭西島地區
région de l'Île de France (f.)
[reʒjɔ̃ də lil də frɑ̃:s]
法國也和日本一樣，劃分為好幾個不同的地區，包含巴黎在內的區域稱為「法蘭西島地區」。

② 行政區
arrondissement (m.)
[a(r)rɔ̃dismɑ̃]/district
例如第1區就是 le Premier
(1er)arrondissement。

⑧ 布洛涅森林
Bois de Boulogne (m.)
[bwa də buloɲ]

⑨ 凱旋門
Arc de Triomphe (m.)
[ark də trijɔ̃:f]

⑩ 蒙索公園
Parc Monceau (m.)
[park mɔ̃so]

⑪ 特羅卡德羅廣場
Place du Trocadero (f.)
[plas dy trɔkadero]
1937年「巴黎萬國博覽會」會場夏爾宮正前方的廣場。塞納河的對岸是艾菲爾鐵塔。

③ 歌劇院區
quartier de l'Opéra (m.)
[kartje də lɔpera]

④ 香榭麗舍區
quartier des Champs-Elysées (m.)
[kartje de ʃɑ̃zelize]

⑤ 聖日耳曼德佩區
quartier de Saint-Germain des Prés (m.)
[kartje də sɛ̃ʒɛrmɛ̃ de pre]

⑥ 拉丁區
quartier Latin
[kartje latɛ̃]

⑦ 塞納河
la Seine (f.)
[la sɛn]
塞納河兩邊分為「右岸」rive droite (f.)與「左岸」rive gauche (f.)。

⑫ 艾菲爾鐵塔
Tour Eiffel (f.)
[tur ɛfɛl]

⑬ 盧森堡公園
Jardin du Luxembourg (m.)
[ʒardɛ̃ dy lyksɑ̃bu:r]

⑭ 凡爾賽宮
Château de Versailles (m.)
[ʃato də vɛrsa:j]

★巴黎市共劃分為20個區，巴黎的市區分佈呈蝸牛殼狀，數字愈少的區域是愈古老的區域。每一個區有「區政府」mairie [mɛri] 以及「區長」maire [mɛ:r] (m.)的設置。

⑮聖心堂
Basilique du Sacré-Cœur (f.)
[bazilik dy sakrekœ:r]
旁邊就是「蒙馬特墓園」Cimetière de
Montmartre (m.)。

⑯戴高樂機場
aéroport Charles de Gaulle (m.)
[aerɔpɔ:r ʃarlədə go:l]

⑰市政府
hôtel de ville (m.)
[ɔtɛl də vil]
hôtel原為「府郡」、「建築物」之意，
注意不要誤以為這裡指的是「飯店」哦！

⑱拉雪茲神父墓園
Cimetière du Père Lachaise (m.)
[simɛtjɛ:r dy pɛ:r laʃɛ:z]

⑲巴黎聖母院
Cathédrale Notre-Dame de Paris (f.)
[katedral nɔtrə dam də pari]

⑳文森森林
Bois de Vincennes (m.)
[bwa də vɛ̃sɑ̃n]

㉑萬神殿
Panthéon (m.)
[pɑ̃teɔ̃]

㉒蒙蘇喜公園
Parc Montsouris (m.)
[park mɔ̃suri]

㉓奧利機場
Aéroport d'Orly (m.)
[aerɔpɔ:r dɔrli]

巴黎的風景
Paysages dans Paris
[peizɑ:ʒ dɑ̃ pari]

①建築物的正面
façade (f.)
[fasad]/frontage

②國旗
drapeau national (m.)
[drapo nasjɔnal]/National Flag

③塞納河畔
quais de Seine (m. pl.)
[ke də sɛn]/River Seine
「河畔」是quai (m.)。

④聖馬丁運河
canal Saint-Martin (m.)
[kanal sɛ̃martɛ̃]/Canal Saint-Martin

⑤橋
pont (m.)
[pɔ̃]/bridge

⑥遊船
croisière (f.)
[krwazjɛ:r]/cruise
「塞納河遊船」croisière sur la Seine (f.)。

⑦船
bateau (m.)
[bato]/boat
在河上航行的大平底船叫péniche (f.)。
「觀光船」是bateau touristique (m.)。

⑧海報
affiche (f.)
[afiʃ]/poster

⑨燈飾
illumination (f.)
[il(l)yminasjɔ̃]/illumination

⑩巴黎人
Parisien (m.)
[parizjɛ̃]
Parisienne (f.)
[parizjɛn]/Parisian

⑪觀光客
touriste (n.)
[turist]/tourist

⑫圓形廣場
rond-point (m.)
[rɔ̃pwɛ̃]/traffic circle

⑬雕像
statue (f.)
[staty]/statue

⑭塗鴉
graffiti (m.)
[grafiti]/graffiti

⑮示威活動(遊行、集會)
manifestation (f.)
[manifɛstasjɔ̃]/demonstration
在巴黎街上，常會看到示威活動。有些是為了人權、學生問題，有的則是為了單車或同性戀問題走上街頭。參加者除了法國人，還有許多外國人。

⑯停車場
parking (m.)
[parkiŋ]/parking lot

⑰代客停車服務員
voiturier (m.)
[vwatyrje]/valet
有些旅館或餐廳會有「代客泊車」的服務。

⑳腳踏車
bicyclette (f.)
[bisiklɛt]/bicycle
口語上說vélo (m.)即可。
「騎腳踏車的人」是cycliste (n.)。

㉑市區租用腳踏車
Vélib (vélos en libre-service) (m.)
[vɛlib]/self-service bicycle rental system in Paris
巴黎市區的租用腳踏車服務。

⑱滑板車
trottinette (f.)
[trɔtinɛt]/scooter
在巴黎，不管是大人或小孩都喜歡滑板車，許多人利用它來通勤上班。

⑲直排輪
patins à roulettes (m. pl.)
[patɛ̃ a rulɛt]/roller skates
光說roller (m.)也OK。

㉒摩托車
moto (f.)
[mɔto]/motocycle
「騎摩托車的人」是motard (m.) / motarde (f.)。

★在巴黎，除了計程車之外，還有許多人利用各種不同的交通工具在市區移動。

漫步巴黎
Promenade dans Paris
[prɔm(ə)nad dɑ̃ pari]

①十字路口
carrefour (m.)
[karfu:r]/intersection

croisement (m.)
[krwazmɑ̃]/intersection

②人行道
rue piétonne (f.)
[ry pjetɔn]/pedestrian
street

③道路
chemin (m.)
[ʃ(ə)mɛ̃]/road

④街道
rue (f.)
[ry]/street

⑤大馬路
boulevard (m.)
[bulva:r]/boulevard

⑥林蔭大道
avenue (f.)
[avny]/avenue

⑦通道、長廊
passage (m.)
[pasa:ʒ]/passage

⑧死路
impasse (f.)
[ɛ̃pa:s]/impasse,
dead-end street

⑨交通號誌
feu (m.)
[fø]/traffic light

「紅燈」feu rouge [fø ru:ʒ] (m.)
「黃燈」feu jaune[fø ʒo:n] (m.)
「綠燈」feu vert[fø vɛ:r] (m.)。

⑩行人
piéton (m.)
[pjetɔ̃]

piétonne (f.)
[pjetɔn]/pedestrian

⑪步行
marcher
[marʃe]/walk
marcher 還有「事情順利地進
行」的意思。
ça marche [sa marʃ]是「一切
順利」。

⑫東
est (m.)
[ɛst]/east

⑬西
ouest (m.)
[wɛst]/west

⑭北
nord (m.)
[nɔːr]/north

⑮南
sud (m.)
[syd]/south

⑯這裡
ici
[isi]/here
「從這裡」是d'ici。

⑰那裡
là
[la]/there
「從那裡」是de là。

⑱對面
l'autre côté (m.)
[łoːtr kote]/the other side

⑲這邊
ce côté (m.)
[sə kote]/this side

⑳筆直的
tout droit
[tu drwa]/straight

㉑轉彎
tourner
[turne]/turn around

㉒前面、～的前方
devant (m.)
[dəvã]/ahead, front

㉓後面、～的後方
derrière (m.)
[dɛrjɛːr]/behind

㉔左邊
à gauche
[a goːʃ]/left

㉕右邊
à droite
[a drwaːt]/right

㉖近的
proche
[prɔʃ]/near

㉗遠的
loin
[lwɛ̃]/far

㉘「我迷路了。」
Je suis perdu(e)
[ʒə sɥi pɛrdy]

Perdre [pɛrdr]「遺失」
這個字變成被動的
perdu(e)，就有「迷路」
的意思。

㉙「這裡是哪裡？」
Où sommes-nous ici ?
[u sɔm nu isi]

㉚「車站怎麼走？」
**Comment faire pour aller
à la gare ?**
[kɔmã fɛːr pur ale a la gaːr]

在火車站
A la gare
[a la ga:r]

①火車站
gare (f.)
[ga:r] /station

↑法國國鐵(SNCF)的車票

②聖拉薩車站
Gare Saint-Lazare (f.)
[ga:r sɛ̃laza:r]/Saint-Lazare Station

③北站
Gare du Nord (f.)
[ga:r dy nɔ:r]/North Station

④東站
Gare de l'Est (f.)
[ga:r də lɛst]/East Station

⑤里昂站
Gare de Lyon
[ga:r də ljɔ̃]/Lyon Station

⑥蒙帕納斯站
Gare Montparnasse (f.)
[ga:r mɔ̃parna:s]/Montparnasse Station

⑦奧斯特里茲站
Gare d'Austerlitz (f.)
[ga:r dɔsterlits]/Austerlitz Station

⑧售票口
guichet (m.)
[giʃɛ]/ticket-window

⑨車票
ticket (m.)
[tikɛ]/ticket

⑩共通票券
passe Navigo (m.)
[pas navigo]/Navigo pass
巴黎公共交通總公司RATP所營運的巴士、地鐵、RER或路面電車都可以利用共通票券。

⑪驗票口
accès aux quais (m.)
[aksɛ o ke]/ticket gates
在乘車前，票券放入機器就會自動打印，這打印的動作就叫做composter。

⑫出口
sortie (f.)
[sɔrti]/exit

★gare (f.)指的是鐵路的火車站，地鐵站或計程車招呼站叫做station[stasjɔ̃] (f.)。

⑬月台
quai (m.)
[ke]/platform
和「河畔」的quai是同
一個字。

⑭告示欄
tableau (m.)
[tablo]/notice board, bulletin board

⑮廣播
annonce (f.)
[anɔ̃:s]/announcement

⑯轉乘
correspondance (f.)
[kɔ(r)rɛspɔ̃dã:s]/connection

⑰上車
monter
[mɔ̃te]/get in

⑱下車
descendre
[desãdr]/get off

⑲空位
place libre (f.)
[plas libr]/vacancy

⑳客滿
complet
[kɔ̃plɛ]/no vacancy

㉑出發時間
heure de départ (f.)
[œ:r də depa:r]/departure time

㉒發車鈴
signal sonore (m.)
[siɲal sɔnɔ:r]/sound signal

㉓「哪一號線？」
Quelle ligne ?
[kɛl liɲ]

㉔站務員
agent (m.)
[aʒã]/station attendant

㉕長椅
banc (m.)
[bã]/bench

㉖車廂
voiture (f.)
[vwaty:r]/carriage
也可以用wagon [vagɔ̃] (m.)這個較舊
的說法。

㉗高速列車
TGV (m.)
[teʒeve]/high-speed train
法國新幹線。TGV是Train à
Grande Vitesse的省略說法，TGV
內全為對號座。

地鐵、巴士
Métro et bus
[mɛtro ɛ bys]

① 地鐵
métro (m.)
[metro]/subway
métropolitain的
省略說法。

② 地鐵站
station de métro (f.)
[stasjɔ̃ də metro]/subway
station

③ 警護人員
agent de sécurité (m.)
[aʒɑ̃ də sekyrite]/security officer
站內或車內的警護人員。

④ 走道、通道
couloir (m.)
[kulwa:r]/passage

⑤ 座位
place assise (f.)
[plas asi:z]/seat

⑥ 輔助椅 (折疊式
座椅)
strapontin (m.)
[strapɔ̃tɛ̃]/folding seat
車廂內折疊式的座
椅。人潮擁擠時，入
口附近的輔助椅是不
能使用的。

⑦ 讓坐
céder la place
[sede la plas]/to give up one's seat to
somebody
車內經常可看到互相讓位的情景。

⑧「這裡給您坐……」
Si vous voulez...
[si vu vule]

★巴黎市區的地鐵、巴士、路面電車都是由RATP(巴黎公共交通總公司)所經營。

⑨巴士、公車
bus (m.)
[bys]/bus

⑩巴士停靠站
arrêt de bus (m.)
[aʀɛ də bys]/bus stop

⑪目的地
destination (f.)
[dɛstinasjɔ̃]/destinatio

⑫巴士路線表
plan du réseau autobus (m.)
[plã dy rezo otobys]/bus routes map

⑬夜間巴士
bus de nuit (m.)
[bys də nɥi]/night bus

⑭路線號碼
ligne (f.)
[liɲ]/line
巴士正面所標示出
的號碼。

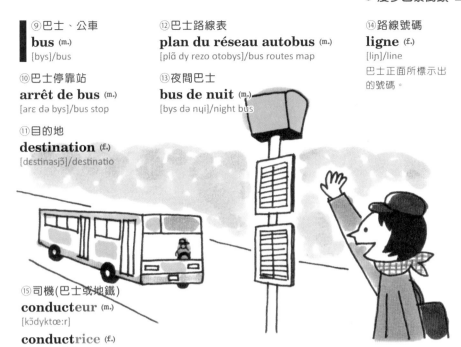

⑮司機(巴士或地鐵)
conducteur (m.)
[kɔ̃dyktœ:r]

conductrice (f.)
[kɔ̃dyktris]/driver
這個字大多是指巴士或地鐵的司機。
計程車司機或受雇的司機叫做chauffeur[ʃofœ:r] (m.)。

⑯下一站停車(標示)
arrêt demandé (m.)
[aʀɛ dəmãde]/get off at the
next stop
下車前按「下一站下車」的按
鈕,巴士前方就
會顯示出亮燈
的字幕。

⑰「我要下車!」
Je descends!
[ʒə desã]

⑱「請開門!」
La porte, s'il vous plaît !
[la pɔrt sil vu plɛ]
萬一到站司機忘了開門,無法下車
時,請大聲的這樣喊。

⑲博愛座
place prioritaire (f.)
[plas prioritɛ:r]/priority seat

⑳嬰兒車
poussette (f.)
[pusɛt]/stroller
巴士的中間可以放置
嬰兒車。

★在巴士內購買票券,不但票價較貴,而且容易擔誤出發時間,造成大家的困擾,建議您事先準
備好車票。RATP票券可以在地鐵站、RER(巴黎地區快速鐵路網)車站、或是香菸販售店購買。

MP3-06

坐計程車
Prendre un taxi
[prãdr œ̃ taksi]

① 「請問最近的計程車招呼站在哪裡？」
Où est la station de taxi la plus proche, s'il vous plaît ?
[o ε la stasjɔ̃ də taksi la ply prɔʃ sil vu plε]

② 「請幫我叫計程車！」
Appelez un taxi, s'il vous plaît !
[apəle œ̃ taksi sil vu plε]

③ 「請問車子多久會到？」
Il arrive dans combien de temps ?
[il a(r)riv dã kɔ̃bjε̃ də tã]

④ 計程車
taxi (m.)
[taksi]/taxi

⑤ 計程車招呼站
station de taxi (f.)
[stasjɔ̃ də taksi]/taxi stand

⑥ 空車的
libre
[libr]/vacant
車上的TAXI標示亮綠燈表示「空車」，若亮紅燈則表示「載客中」或「已預約」。

⑦ 司機(計程車)
chauffeur (m.)
[ʃofœ:r]/taxi driver
一般巴黎計程車的前座是不載人的。若提出坐前座的要求，司機通常會拒絕，或先告知需追加費用。一般在車站或機場搭計程車也需付額外費用，此外，事先預約車子、及開後車廂放行李也要另付費。

⑧ 車燈
phare (m.)
[fa:r]/headlight

⑨ 車門
portière (f.)
[pɔrtjε:r]/door

⑩ 後車廂
coffre (m.)
[kɔfr]/trunk

⑪ 行李
bagage (m.)
[baga:ʒ]/baggage

★ 在巴黎，計程車通常不會隨招隨停。一般都是到計程車招呼站搭乘，或是打電話叫車。

⑫「到哪裡？」
Pour aller où ?
[pur ale u]

⑬「請到帕西街！」
La rue de Passy, s'il vous plaît !
[[la ry də pasi sil vu plε]]

⑭「幾號呢？」
Quel numéro ?
[kεl nymero]

⑮「11號。」
Le numéro 11.
[lə nymero ɔ̃:z]

⑯方向盤
volant (m.)
[vɔlɑ̃]/steering wheel

⑰安全帶
ceinture de sécurité (f.)
[sε̃ty:r də sekyrite]/seatbelt

⑱煞車
frein (m.)
[frε̃]/brake

⑲油門
accélérateur (m.)
[akseleratœ:r]/accelerator

⑳計程車跳表器
taximètre (m.)
[taksimεtr]/taximeter

㉑車費
tarif (m.)
[tarif]/fare,
「（車費）多少錢？」
是C'est combien ?
[sε kɔ̃bjε̃]

㉒額外費用
supplément (m.)
[syplemɑ̃]/extra charge

㉓找回的錢
monnaie (f.)
[mɔnε]/change

㉔收據
reçu (m.)
[rəsy]/receipt
「可以給我收據嗎？」是
Donnez-moi un reçu, s'il
vous plaît ?
[done mwa œ̃ rəsy sil vu plε]

★計程車司機通常沒有太多銅板，所以不喜歡收大張鈔票，乘客最好自行準備零錢。

法式親吻

　　法國是一個相當尊重個人自由的國家，對於個人戀愛觀也給予相當大的寬容。法國總統就算擁有私生子，也不見媒體責難，而不結婚的情侶，也能夠享有和法定夫妻同樣的權利。

　　法國人認為不論男女老少，擁有性感魅力是一件非常重要的事，許多人把「魅惑」**séduction**[sedyksjɔ̃] (f.) 這個字當作黃金鐵則，尤其是法國女性，你可以看到從小女孩到老太太，每個人都努力展現自己的女性魅力，這一點與保守嚴謹的東方人非常不一樣。法國人將性感魅力展現到極致，同樣地，他們對於他人的魅力也具有相當的敏感度。和女朋友坐在咖啡廳約會的男性，看到路過的美女，幾乎都會大方投以露骨的視線欣賞，而女孩看到帥哥，也常露出燦爛的笑容向他們打招呼。像這樣「獵取」異性，法文就叫做 **draguer**[drage]，「(善意的)搭訕者」是 **dragueur**[dragœːr] (m.)或 **dragueuse**[dragøːz] (f.)。

　　法文「愛」就是大家所熟知的 **amour**[amuːr] (m.)，感情融洽的夫婦或情侶之間也會用 "**mon amour**[mɔ̃namuːr]" 或 "**mon chéri**[mɔ̃ ʃeri]" / "**ma chéri**[bise]" 等親密的稱呼藉以表達愛意。父母對自己的小孩、或是主人對寵物，也常以這樣的方式來呼叫對方。

　　在法國，一般對於愛意的表現就是親吻，家人或是親密的朋友之間，通常以兩頰輕觸的方式親吻，這種親吻方式叫做 "**bise**[biːz] (f.) 或 **bisou**[bizu] (m.)，而 **baiser**[bɛze]則是意味比較深遠的吻。

（對女性）　　（對男性）

2

美食法國
La gastronomie française
[la gastrɔnɔmi frɑ̃sɛːz]

　　法國的米其林星星數量雖然不及日本，但由於擁有得天獨厚的食材及優秀的人才，因此成為著名的美食大國。法國是歐洲農產最為豐富的國家，吸引了世界一流的廚師慕名而來，由於廚師們服務的對象是對美食挑剔的法國人，自然對於料理的學問是相當講究的。

在咖啡館
Au café
[o kafe]

在法國，常看到早上在咖啡館裡一邊看報紙一邊吃著可頌的人們，有些咖啡館會兼售樂透、香煙或賽馬券，這種咖啡館叫做café-tabac [kafe taba]。

① 咖啡館
café (m.)
[kafe]/café

根據禁煙法，室內公共場所是禁止吸煙的，要吸煙的人必須到設有室外桌的露天咖啡座才行。

② 桌子
table (f.)
[tabl]/table

③ 椅子
chaise (f.)
[ʃɛːz]/chair

④ 侍者
serveur (m.)
[sɛrvœːr]/waiter

serveuse
[sɛrvøːz]/waitress

garçon
[garsɔ̃]/boy, waiter

garçon只能用於男侍者。

⑤ 露天咖啡座
terrasse (f.)
[tɛras]/terrace

⑥ 看板，招牌
enseigne (f.)
[ɑ̃sɛɲ]/signboard

販售香煙的咖啡館看板上會寫著TABAC。

⑦ 香煙，香煙店
tabac (m.)
[taba]/tabacco, tabacco store

⑧ 紙煙
cigarette (f.)
[sigarɛt]/cigarette

⑨ 禁煙
non-fumeur (n.)
[nɔ̃fymœːr]/non-smoking

「吸煙」叫做fumer。

⑩ 煙灰缸
cendrier (m.)
[sɑ̃drije]/ashtray

★ 一般咖啡廳裡所賣的餐點，大多是法式早餐或croque monsieur [krɔkməsjø](烤乳酪火腿吐司)、croque madame [krɔkmadam] (烤乳酪火腿吐司加荷包蛋)等麵包料理，或是簡單的沙拉而已。

⑪咖啡
café (m.)
[kafe]/coffee

⑫義式濃縮咖啡
express (m.)
[ɛkspres]/expresso coffee
直接說expresso也可以。
若想用大杯裝2倍份量時就
說un double (m.)，而café
long (m.)是用較多的熱水煮
出來較稀薄的咖啡。

⑬牛奶咖啡
（歐蕾咖啡）
café au lait (m.)
[kafe o lɛ] /coffee with milk
如果以奶油取代牛奶，就
叫做café crème [kafe
krɛm] (m.)。

⑭紅茶
thé (m.)
[te]/tea
「綠茶」是thé vert
[te vɛːr] (m.)。

⑮柳橙汁
jus d'orange (m.)
[ʒy dɔrɑ̃ːʒ]/orange juice
「果汁」是jus de fruit
[jy də frɥi] (m.)。

⑯礦泉水
eau minérale (f.)
[o mineral]/mineral water
「含氣泡」的礦泉水叫做
gazeuse。「無氣泡」的
礦泉水是plate。

⑰烤乳酪火腿吐司
croque-monsieur (m.)
[krɔkməsjø]/toasted ham and cheese
sandwich
吐司夾火腿，接著灑上乳酪，再放進烤
箱烤的吐司料理。而croque-
madame [krɔkmadam] (m.)則是在
croque-monsieur上加一顆荷包蛋。

⑱樂透
loto (m.)
[lɔto]/lotto

⑲靠牆的長椅
banquette (f.)
[bɑ̃kɛt]/bench

⑳吧台，櫃台
comptoir (m.)
[kɔ̃twaːr]/bar, counter

㉑凳子
tabouret (m.)
[taburɛ] /stool

★法國人常飲用infusion[ɛ̃fyzjɔ̃](f.) (藥草茶)：提振精神→「薄荷茶」menthe [mɑ̃ːt] (f.)，放鬆身心→「菩提樹」tilleul [tijœl] (m.)，餐後→「馬鞭草」verveine [vɛrvɛn] (f.)，睡前→「洋甘菊」camomille [kamɔmij](f.)。

氣氛輕鬆的餐廳
Restaurant convivial
[rɛstɔrɑ̃ kɔ̃vivjal]

據說十九世紀時，來到巴黎的俄羅斯將領，在小酒館內點餐時說了一句「快點！(bistrot)」，後來這類的小酒館內就開始提供一些簡單快速的餐點，小酒館也被稱為bistrot。

① 小酒館
bistrot (m.)
[bistro]/bar, pub

② 午餐菜單
menu déjeuner (m.)
[məny deʒœne]/lunch menu
價格實惠，適合趕時間的人解決餐點，或是不拘形式的商業午餐。

③ 火腿、香腸綜合盤
assiette de charcuterie (f.)
[asjɛt də ʃarkytri/A deli meat platter
豬肉加工品的綜合盤。看到標示assiette de…時，指的就是用較大的盤子盛裝的料理。

④ 牛排(附薯條)
steak-frites (m.)
[stɛk frit]/steak and fries
任何一家小酒館都必有的料理。一大塊牛排的旁邊會有堆成小山般的薯條，光看薯條美味與否，就可以知道店家的水準。

⑤ 烤雞
poulet rôti (m.)
[pulɛ rɔti]/roast chicken

⑥ 單杯酒
vin au verre (m.)
[vɛ̃ o vɛːr]/wine by the glass
「招牌葡萄酒」的說法有vin maison [vɛ̃ mɛzɔ̃] (m.)、vin du patron[vɛ̃ dy patrɔ̃] (m.) 或cuvée du patron [kyve dy patrɔ̃] (f.)等。

⑦ 壺裝水
carafe d'eau (f.)
[karaf do]/water jug
餐廳裡的壺裝水是自來水，所以是免費提供的。其實巴黎的自來水品質很好，可安心飲用。

⑧ 老闆
patron (m.)
[patrɔ̃]
patronne (f.)
[patrɔn]/boss

⑨ 廚師
cuisinier (m.)
[kɥizinje]
cuisinière (f.)
[kɥizinjɛːr]/chef

⑩ 生蠔攤販
banc d'huîtres (m.)
[bɑ̃ dɥitr] /oyster vender
冬天街上，經常看到生蠔攤販。有時啤酒店外也有生蠔小販出現。

★點餐時，可選擇較有彈性的隨意點菜（à la carte[a la kart]），也可選擇有「前菜、主菜、甜點」三道菜的套餐（prix fixe[pri fiks]），近來只提供套餐形式料理的餐廳也不少。

⑪啤酒屋
brasserie (f.)
[brasri]/brewery

brasserie 這個字是由brasseur [brasœ:r](m.)「啤酒釀造人、啤酒釀造業」而來的。一般典型的啤酒屋會提供啤酒、生蠔或阿爾薩斯料理、許多店家在週日及節慶日也會從一大早開到深夜，提供從輕食到套餐等不同料理，非常方便。

⑫圓頂(圓頂餐廳)
coupole (f.)
[kupɔl]/cupola

圓屋頂的外側就叫dôme[do:m] (m.)。以圓頂做為商標的著名啤酒屋在蒙帕那斯有兩家，當初莫迪里亞尼、畢卡索和藤田嗣治等藝術家都曾活躍於此，也是蒙帕那斯文化全盛時期的紀念碑。

⑬瓶裝啤酒
bière en bouteille (f.)
[bjɛ:r ɑ̃ butɛj] /bottled beer

⑭生啤酒
bière à la pression (f.)
[bjɛ:r a la prɛsjɔ̃]/draft beer
女性大約飲用一半的份量un demi[œ̃ dəmi]就夠了。

⑮阿爾薩斯料理
cuisine alsacienne (f.)
[kɥizin alzasjɛn]/cuisine of Alsace
法國的阿爾薩斯和洛林地區過去曾是德國的領地，因此在飲食文化上也深受德國的影響。

⑯德式酸菜
choucroute (f.)
[ʃukrut]/sauerkraut
德文是sauerkraut，將高麗菜用醋等調味料燉煮後，和肉類一起放在大盤內搭配食用的料理。

⑰法式洛林鹹派
quiche lorraine (f.)
[kiʃ lɔ(r)rɛn]/quiche lorraine
這是一道放入培根、洋蔥和蛋烘烤而成的鹹派料理。原本是洛林地區的著名料理，現在常見於賣家常菜的店。

⑱綜合貝類料理
plateau de fruits de mer (m.)
[plato də frɥi də mɛ:r]/seafood platter

★有些著名的啤酒屋內擺設「裝飾藝術」art déco[a:r deko] (m.)或「新藝術派」art nouveau [a:r nuvo](m.)的藝術品，也有的建築物本身就是文化古蹟，相當值得參觀。

在餐廳裡
Au restaurant
[o rɛstɔrɑ̃]

廣義來說，吃飯的地方都叫「餐廳」。狹義的餐廳，指的非小酒館或啤酒屋，而是較正式的高級餐廳。最高等級的店家法文叫做grande table[graɑ̃:d tabl]，這種餐廳不管是料理或內部裝潢都非常考究，相對地，對於顧客的品味與禮節，也會不經意地有所要求。

① 預約
réservation (f.)
[rezɛrvasjɔ̃]/reservation

② 米其林指南
guide Michelin (m.)
[gid miʃlɛ̃]/Michelin guide
米其林旅遊指南的封面是綠色的，而米其林美食指南的封面則是紅色的，因此也被稱做「紅色指南」guide rouge [gid ru:ʒ](m.)。

③ 米其林星星廚師
chef étoilé (m.)
[ʃɛf etwale]/a Michelin starred chef

④ 高級餐廳
grande table (f.)
[grɑ̃d tabl]/high-quality restaurant

⑤ 公休日
fermeture (f.)
[fɛrməty:r]/closing

⑥ 營業時間
horaire (m.)
[ɔrɛ:r]/bussiness hour
「最後點餐時間」叫la dernière commande [la dɛrnjɛ:r kɔmɑ̃:d](f.)。

⑦ 「我要訂位。」
Je voudrais réserver une table.
[ʒə vudrɛ rezɛrve yn tabl]

接著明確告知用餐人數、與日期、時間就可以了。

⑧ 人數
nombre de couverts (m.)
[nɔ̃:br də kuvɛ:r]/number of people

⑨ 日期
date (f.)
[dat]/date

⑩ 用~的名字訂位
au nom de
[o nɔ̃ də]/on behalf of

⑪ 小時
heure (f.)
[œ:r]/hour

★米其林指南是以星星étoile [etwal]的數量來評估店家，米其林星星也可以稱為Macaron [makarɔ̃] (m.)，米其林指南上的星星形狀，是不是很像甜點裡的「馬卡龍」呢？

⑫點菜

passer la commande

[pase la kɔmä:d]/place order

⑬「有什麼推薦的料理？」

Que recommandez-vous?

[kə rəkɔmäde vu]

不知道如何點菜時，
不妨這樣問店員。

⑭「不好意思！」(叫服務生時)

Pardon!

[pardɔ̃]

如果不好意思大聲叫服務生，可以
將視線轉向服務生或以手示意。

⑮「請等一下。」

Attendez encore un peu.

[atäde äkɔ:r œ̃ pø]

⑯「我要點這個。」

Je prends celui-ci.

[ʒə prä səlɥisi]

⑰結帳

demander l'addition

[dəmäde ladisjɔ̃]/ask for the bill

⑱「麻煩您，我要買單。」

L'addition, s'il vous plaît.

[ladisjɔ̃ sil vu plɛ]

這樣說服務生就會拿
帳單過來，在桌上結
帳即可。

⑳「用現金。」

En espèces.

[äɛspɛs]

⑲「請問您要如何支付？」

Comment réglez-vous ?

[kɔmä reglevu]

㉑「用信用卡。」

Par carte bancaire.

[par kart bäkɛ:r]

㉒小費

pourboire (m.)

[purbwa:r]/tip

在法國，服務費是
包含在餐費內的。
如果覺得服務特別
好，也可以另外再
給小費。

㉓支付

payer

[pɛje]

régler

[regle]

p a y e r 是「付錢」的意
思，這個表達比較直接，到
較高級的餐廳，通常會用
régler「結算」這個字。

在餐桌上
A table
[a tabl]

②服務總管
maître d'hôtel
[mɛtr dotɛl]/butler

③侍酒師
sommelier (m.)
[sɔməlje]

sommelière (f.)
[sɔməljɛːr]/sommelier
原本侍酒師的世界通常
以男性為中心，近來也
有不少女性侍酒師。

④一副餐具
couvert (m.)
[kuvɛːr]/forks,
knives and spoons
這裡指的是一人份
的餐具，或是刀子
與叉子的組合。

⑤盤子
assiette (f.)
[asjɛt]/plate

⑥碗
bol (m.)
[bɔl]/bowl

⑦玻璃杯
verre (m.)
[vɛːr]/glass
這個單字原本是
「玻璃」的意思。

⑧杯子
tasse (f.)
[tɑːs]/cup

①主廚
chef (m.)
[ʃɛf]/chef

高級法國餐廳的廚房通常是由一個團隊在廚房裡做菜，而擔任總指揮的主廚就稱為chef。chef當中，領子上掛有紅藍白三色旗的是擁有MOF(國家級最佳手藝獎)認證的廚師。MOF就是Meilleur ouvrier de France(m.)[mɛjœːr uvrie də frɑ̃ːs]的省略，這些廚師也可以算是法國的「國寶」。

⑨叉子
fourchette (f.)
[furʃɛt]/fork

⑩刀子
couteau (m.)
[kuto]/knife

⑪湯匙
cuillère (f.)
[kɥijɛːr]/spoon

⑫筷子
baguettes (f. pl.)
[bagɛt]/chopsticks
「一雙筷子」是une
paire de baguettes
[yn pɛːr də bagɛt]。

⑬醬汁碟
saucière (f.)
[sosjɛːr]/sauceboat

⑭「請開動！」
Servez-vous !
[sɛr ve vu]
「祝你胃口大開！」
Bon appétit !
[bɔ̃ apeti]

⑮「餐點還可以嗎？」
Tout va bien?
[tu va bjɛ̃]

⑯「很好吃！」
C'est bon !
[se bɔ̃]
C'est délicieux !
[se delisjø]
C'est excellent !
[se ɛksɛlɑ̃]

★刀子的種類：「切肉用」pour la viande [pur la vjɑ̃ːd]、「切魚用」pour le poisson [pur lə pwasɔ̃]、「切牡蠣用」pour les huîtres [pur le ɥitr]、「切甜點用」pour le dessert [pur lə desɛːř]

● Bon appétit！怎麼用？

Bon appétit！「祝你胃口大開！」 是法國人在用餐時不可缺少的一句話。appétit (m.)指的是「食慾」，直接翻譯就是「食慾旺盛」，依不同場合可做不同譯法，例如可譯為「開動吧！」或「多吃一點！」，這是不管做菜、服務或用餐的人都可互相祝福對方的一句話。看到有人要外出用午餐，不妨親切地對他說聲Bon appétit！

⑰「我肚子還沒飽。」
J'ai encore faim.
[ʒe ãkɔːr fɛ̃]

⑱「我吃了很多。」
J'ai bien mangé.
[ʒe bjɛ̃ mãʒe]

⑲「我吃太多了。」
J'ai trop mangé.
[ʒe tro mãʒe]

⑳老饕、吃客
gourmand (m.)
[gurmã]

gourmande (f.)
[gurmãd]/gourmand

㉑美食鑑賞家
gourmet (m.)
[gurmɛ]/gourmet

㉒乾杯
trinquer
[trɛ̃ke]/toast

法國人舉杯時常用「為～祝福」等話語，最安全恰當的說法就是祝福對方健康à votre santé [a vɔtr sã te]。交情好的兩人可以簡單說「為我倆乾杯～」à nous [a nu]，或是「為我倆的相遇而乾杯～」à notre rencontre [a nɔtr rã kɔ̃ :tr]。

★「胡椒研磨罐」moulin à poivre [mulɛ̃ a pwaːvr] (m.) 上有「P」的標誌；「鹽研磨罐」moulin à sel [mulɛ̃ a sɛl](m.)則印有「S」的標誌。

菜單
Menu
[məny]

② 「請給我菜單。」
La carte, s'il vous plaît.
[la kart sil vu plɛ]

① 單品菜單
(可自行搭配)
carte (f.)
[kart]/menu
「套餐菜單」是 menu (m.)，寫著菜單的卡紙就叫carte (f.)。

③ 經典套餐
menu classique (m.)
[məny klasik]/classic menu

④ 餐前酒 **apéritif** (m.) [aperitif]
口語上也說apéro [apero] (m.)，大多以香檳酒或偏甜味的雞尾酒為主流。不愛甜酒的人也可以點啤酒做為餐前酒，有些時髦的餐廳也會隨酒附上「配酒小菜」amuses-bouches[amyz buʃ] (m. pl.)。

⑤ 冷盤
hors-d'œuvre (m.)
[ɔrdœ:vr]/starter
在開胃菜之前端出來的即是冷盤。

⑥ 湯
soupe (f.)
[sup]/soup
過去在開胃菜前就先上湯，現在多在開胃菜後才上湯。

⑦ 開胃菜
entrée (f.)
[ɑ̃tre]/appetitzer

⑧ 主菜
plat principal (m.)
[pla prɛ̃sipal]/main dish
「魚料理」plat de poisson [pla də pwasɔ̃] (m.)
「肉料理」plat de viande [pla də vjɑ̃:d] (m.)。
以前，魚和肉類常同時出現於主菜，現在除非是量少種類多的懷石料理，不然大多數是擇一肉類。

⑨ 乳酪 **fromage** (m.) [frɔma:ʒ]/cheese
法國餐廳經常看到餐車上擺著各式各樣的乳酪，推到客人的餐桌前讓你選擇。食用的順序以口味清淡的乳酪為先，發酵較久味道較濃郁的為後。

⑩ 甜點
dessert (m.)
[desɛ:r]/desert
冰淇淋是glace [glas] (f.)，原本指的是「冰」的意思。「雪酪」(譯註：一種水果冰淇淋，水果為主要成份，不含乳製品)是sorbet [sɔrbɛ] (m.)。

⑪ 咖啡
café (m.)
[kafe]/coffee

⑫ 紅茶
thé (m.)
[te]/tea

較正式的餐廳會隨咖啡或紅茶附上「精緻小點」mignardises [miɲardi:z] (f. pl.)。

⑬ 餐後酒 **digestif** (m.) [diʒɛstif]/digestif
餐後酒大約是Calvados、Cognac、Armagnac等白蘭地酒類，有些精通酒類的人喜歡較具年代性的酒。

★這裡所介紹的套餐內容與順序是較傳統式的。其實，一般法國家庭裡很少一次出現全部的餐點。

⑭選擇酒類
choisir le vin
[ʃwazi:r lə vɛ̃]/choose the wine

決定好前菜與主菜,接下來選酒類,一般
餐廳點餐後,就會遞上酒單。若要詢問侍
酒師,可說「哪種酒適合搭配我們的餐
點?」 Selom vous, quel vin pour
accompagner nos plats? [səlɔ̃ vu kɛl
vɛ̃ pur akɔ̃paɲe nɔ pla]

⑮酒單
carte des vins (f.)
[kart de vɛ̃]/wine list

「請給我好喝、但不要太貴的酒」Une bonne
bouteille pas trop chère , s'il vous plaît !
[yn bɔn butɛj pa tro ʃɛ:r sil vu plɛ]

⑳品酒
dégustation (f.)
[degystasjɔ̃]/tasting(wine)

⑯酒
vin (m.)
[vɛ̃]/wine

⑰紅酒
vin rouge (m.)
[vɛ̃ ru:ʒ]/red wine

⑱白酒
vin blanc (m.)
[vɛ̃ blɑ̃]/white wine

⑲玫瑰紅酒
vin rosé (m.)
[vɛ̃ roze]/rose wine

㉕一杯香檳
une coupe de champagne (f.)
[yn kup də ʃɑ̃paɲ]/a glass of champagne

也可說une flûte champagne [yn flyt ʃ ɑ̃ paɲ] (f.)。
香檳酒杯形狀分高腳杯(coupe)或笛形杯(flûte)。

㉖一杯水
un verre d'eau (m.)
[œ̃ vɛ:r do]/a glass of water

「一杯紅酒」是une verre du vin rouge [œ̃ vɛ:r
də vɛ̃ ru:ʒ]。

㉑飲料
boisson (f.)
[bwasɔ̃]/beverage

㉓雞尾酒
cocktail (m.)
[kɔktɛl]/cocktail

㉒白蘭地酒
eau-de-vie (f.)
[odvi]/brandy

㉔香檳酒
champagne (m.)
[ʃɑ̃paɲ]/champagne

★ 偶爾會有人先決定葡萄酒的種類,再決定適合的料理,這應該是非常喜愛葡萄酒的人會做的事。

MP3-12
買食物
Acheter des produits alimentaires
[aʃəte de prɔdɥi alimɑ̃tɛ:r]

① 飲食
alimentation (f.)
[alimɑ̃tasjɔ̃]/food
現代人注重養生，許多食品也標榜具藥物療效。因此，這些「保健食品」的講法，就是將食物aliment [alimɑ̃] (m.) 與藥物 médicament [medikamɑ̃] (m.)兩個字結合而成的 alicament [alikamɑ̃] (m.)。

② 市場
marché (m.)
[marʃe]/market

③ 超級市場
supermarché (f.)
[sypɛrmarʃe]/supermarket
小型超市叫做supérette [sypɛrɛt] (f.)。

④ 大賣場
hypermarché (m.)
[ipɛrmarʃe]/large supermarket
hypermarché通常位於郊區、比一般超市的面積還大，並販賣較多樣化產品。例如法商「家樂福」。

⑤ 熟食店
traiteur (m.)
[trɛtœ:r]/delicatessen
中國菜熟食店叫traiteur chinois[trɛtœ:r ʃinwa]，「外帶菜」叫plat à emporter [pla a ɑ̃pɔrte]。

⑥ 高級食品雜貨店
magasin d'épicerie fine (m.)
[magazɛ̃ depisri fin]/fine grocery store
較著名的店例如：Fauchon或Hediard等。

⑦ 一般食品雜貨店
magasin d'alimentation générale
[magazɛ̃ dalimɑ̃tasjɔ̃ ʒeneral]/grocery store
也可以說épicerie [episri] (f.)，大多指位於街角的小食品雜貨店。

⑧ 自助服務
libre-service (m.)
[librəsɛrvis]/self-service

★全世界大概只有美食大國的法國，不論下雨或嚴冬，市場裡總是熱鬧滾滾，充滿了欲採購新鮮食物的客人。市場裡除了食物之外，也有許多小攤販售花、廚房用品、衣服、鞋子等日常生活雜貨。

⑨鹽

sel (m.)

[sɛl]/salt

⑩砂糖

sucre (m.)

[sykr]/sugar

「甜味劑」是édulcorant [edylkɔrɑ̃] (m.)。

⑪胡椒

poivre (m.)

[pwaːvr]/pepper

⑫醋

vinaigre (m.)

[vinɛgr]/vinegar

「蘋果醋」是vinaigre de cidre [vinɛgr də sidr](m.)，「巴沙米克葡萄酒醋」是vinaigre balsamique [vinɛgr balzamik] (m.)。

⑬油

huile (f.)

[ɥil]/oil

「橄欖油」huile d'olive [ɥil dɔliːv](f.)

「葵花油」huile de tournesol [ɥil də turnəsɔl] (f.)

⑭芥末

moutarde (f.)

[mutard]/mustard

⑮醬油

sauce de soja (f.)

[soːs də sɔʒa]/soybean sauce

⑯果醬

confiture (f.)

[kɔ̃fityːr]/jam

⑰蜂蜜

miel (m.)

[mjɛl]/honey

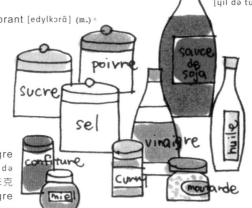

⑱500克的

500 grammes de

[sɛ̃k sɑ̃ gram də]/500 gram of

單數形：g r a m m e [gram]

「500克絞肉」是500 grammes de viande hachée [sɛ̃k sɑ̃ gram də vjɑ̃ːd aʃe]。

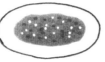

⑲半公斤的

une livre de

[yn liːvr də]/500 gram of

「半公斤核桃」是une livre de noix [yn liːvr də nwa]。

⑳一公斤的

un kilo de

[œ̃ kilo də]/one kilogram of

「一公斤砂糖」是un kilo de sucre [œ̃ kilo də sykr]。

㉑一把的

une botte de

[yn bɔt də]/one bunch of

「一把香芹」是une botte de persil [yn bɔt də pɛrsi]。

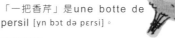

㉒兩個的

deux pièces de

[dø pjɛs də]/two pieces of

單數形：pièce [pjɛs]

「兩個番茄」是deux pièces de tomate [dø pjɛs də tɔmat]。

㉓三袋的

trois sachets de

[trwa saʃɛ də]/three bags of

單數形：sachet [saʃɛ]

「三袋粗鹽」是trois sachets de gros sel [trwa saʃɛ də gro sɛl]。

㉔四包的 **quatre paquets de**

[katr pakɛ də]/four packages of

單數形：paquet [pakɛ]

「四包點心」是quatre paquets de gateaux [katr pakɛ də gato]。

★「鹹的」salé(e) [sale]，「甜的」sucré(e) [sykre]，「口味重的」fort [fɔːr]或forte [fɔrt]，「辣的」épicé(e) [epise]，「酸的」是acide [asid]，「苦的」是amer [amɛːr] 或amère [amɛːr]。

在麵包店
A la boulangerie
[a la bulãʒri]

① 長棍麵包
baguette (f.)
[bagɛt]/
baguette,
French stick

baguette 原指「棒狀物」，指揮棒和筷子也叫 baguette。長棍麵包約半天就會變硬，所以買剛出爐的麵包立刻食用是最棒的。如果只想買一半的長棍麵包，可以說une demi-baguettes, s'il vous plaît! [yn dəmibagɛt sil vu plɛ]長棍麵包有各式種類，最標準的就是「傳統式長棍麵包」baguette de tradition [bagɛt də tradisjɔ̃]，也可省略為tradition [tradisjɔ̃] (f.)。

② 巴塔麵包
bâtard (m.)
[bata:r]/French batard
形狀比長棍麵包來得短而粗。

③ 白吐司
pain de mie (m.)
[pɛ̃ də mi]/toast bread
mie (f.) 指的是麵包裡白色的部分。

④ 三明治
sandwich (m.)
[sãdwitʃ]/sandwich
在巴黎，sandwich 指的是長棍麵包內夾火腿或起士的三明治。

⑤ 繩子麵包
ficelle (f.)
[fisɛl]/thin French stick
比長棍麵包小的細長形麵包，ficelle原意為「繩子」。

⑥ 全麥麵包
pain complet (m.)
[pɛ̃ kɔ̃plɛ]/wholewheat bread
用全麥粉做成的麵包。

⑦ 有機麵包
pain biologique (m.)
[pɛ̃ bjɔlɔʒik]/organic bread
用有機麵粉做的麵包。

⑧ 圓形麵包
boule (f.)
[bul]/boule
boule是「球狀」之意。

⑨ 小法國麵包
petit pain (m.)
[pəti pɛ̃]/roll

⑩ 鄉村麵包
pain de campagne (m.)
[pɛ̃ də kɑ̃paɲ]/French country style bread
用無漂白麵粉所製作的麵包。鄉村麵包也可以說成 rustique [rystik] (m.)（「鄉村的」）。

⑪ 穀物麵包
pain aux céréales (m.)
[pɛ̃ o sereal]/cereal bread
加入多種穀物的麵包

⑫麵包烤爐
fournil (m.)
[furnil]/bakery
一般麵包店，通常
麵包烤爐與工作檯
是在一起的。普通
製作料理的烤爐則
稱為fourneaux
[furno] (m. pl.)。

⑬天然酵母
levure naturelle (f.)
[ləvy:r natyrɛl]/natural yeast

⑯烤焦的
bien cuit
[bjɛ̃ kɥi]/well done

⑰烤好的(剛出爐的)
sortant du four
[sɔrtɑ̃ dy fur]/b aked
直譯是「剛從烤爐裡出
來的」，也可以說tout
juste cuit [tu ʒyst
kɥi]。

⑭麵包師傅
boulanger (m.)
[bulɑ̃ʒe]
boulangère (f.)
[bulɑ̃ʒɛ:r]/baker

⑮小麥麵粉
farine de blé (f.)
[farin də ble]/wheat flour
「麵粉」是farine (f.)，
「米粉」是farine de
riz [farin də ri]。

⑱沒有烤焦的
pas trop cuit
[pa tro kɥi]/not over cooked
可以告知店家自己喜好的烤
焦程度，店員就會為你挑選
適合的麵包。

⑲柔軟的
doux
[du]/soft

⑳酥脆的
croustillant
[krustijɑ̃]/crispy

㉑維也納甜點麵包
viennoiserie (f.)
[vjɛnwazri]/Vienna bread

viennoiserie是從維也納傳
過來的一種甜點麵包。麵包店
通常在早餐時間推出。

㉒可頌麵包
croissant (m.)
[krwasɑ̃]/croissant
croissant原本是
「月牙，新月」的
意思，據說是從土
耳其軍旗中的彎月
形狀而來。你覺得
形狀像不像呢？

㉓葡萄乾麵包
pain aux raisins (m.)
[pɛ̃ o rɛzɛ̃]/raisin bread

㉔布利歐(奶油圓球
蛋糕)
brioche (f.)
[brijɔʃ]/brioche
法國大革命時期，民眾
因生活困苦而走上街頭
抗議「給我麵包！」，
然而不知民間疾苦的瑪
麗王妃卻對著他們喊
「如果沒有麵包，那就
吃brioche吧！」。這
裡的brioche 指的就是
這種法式糕點。這位瑪
麗王妃，也是從維也納
嫁到法國來的。

㉕蘋果派
chausson aux pommes (m.)
[ʃosɔ̃ o pɔm]/apple pie
chausson是「拖鞋」的意思，因為派皮
的形狀和拖鞋很類似，所以有此稱呼。

㉖牛奶麵包
pain au lait (m.)
[pɛ̃ o lɛ]/milk bread

在蛋糕店
A la pâtisserie
[a la patisri]

① 糕點師傅
pâtissier (m.)
[patisje]

pâtissière (f.)
[patisjɛ:r]/pastry cook

pâtisserie (f.)並不光指「糕點類」，也可以指製作販售糕點相關的職業。

② 蛋糕類
gâteau (m.)
[gato]/cake

糕點師傅所製作的糕點，相當於蛋糕類的就是gâteau，在以前，gâteau指的是特別的日子才有的特製甜點。

③ 聖誕樹輪蛋糕
bûche de Noël (f.)
[byʃ də]nɔɛl]/Yule log cake
bûche是「木柴」的意思，法國經典的聖誕蛋糕就是這種形狀。

④ 長型巧克力泡芙、閃電泡芙
éclair (m.)
[eklɛ:r]/oblong cream puff

⑤ 蘋果塔
tarte aux pommes (f.)
[tart o pɔm]/apple tart

⑥ 夏洛特奶油水果蛋糕
charlotte (f.)
[ʃarlɔt]/charlotte cake

⑦ 奶油千層糕
mille-feuille (f.)
[mil fœj]/mille-feuille

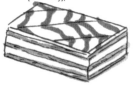

⑧ 水果塔
tarte aux fruits (f.)
[tart o frɥi]/fruit tart

⑨ 巧克力慕斯
mousse au chocolat (f.)
[mus o ʃɔkɔla]/chocolate mousse

⑩ 馬卡龍
macaron (m.)
[makarɔ̃]/macaroon

⑪ 國王烘餅
galette des rois
[galɛt de rwa]/cake traditionally eaten on Twelfth Night

一種大而圓的派，上面佈滿了香濃的marzipan(杏仁膏)，是一種法國的傳統食品。1月6日是天主教的「主顯節」Épiphanie [epifani] (f.)，相傳這一天正是東方三聖人趕往耶穌誕生地晉見耶穌的日子。為了紀念這一天，法國人會在新年時與親友一同開心的品嚐國王烘餅，烘餅裡藏著一個叫做蠶豆fève [fɛ:v](f.)的小玩偶，分切後吃到小玩偶的人，就能成為當天的國王。也因此購買國王烘餅時都會附上一個王冠，也有不少人專門收集這類人偶呢！

⑫巧克力
chocolat (m.)
[ʃɔkɔla]/chocolate

⑬巧克力師傅
chocolatier (m.)
[ʃɔkɔlatje]
chocolatière (f.)
[ʃɔkɔlatjɛːr]/chocolate maker
「巧克力製造、販賣商」是
chocolaterie [ʃɔkɔlatri] (f.)。

⑭黑巧克力(苦味巧克力)
chocolat noir (m.)
[ʃɔkɔla nwaːr]/black
chocolate

⑮白巧克力
chocolat blanc (m.)
[ʃɔkɔla blɑ̃]/white chocolate

⑯牛奶巧克力
chocolat au lait (m.)
[ʃɔkɔla o lɛ]/milk chocolate

⑰松露巧克力
truffe (f.)
[tryf]/chocolate truffle
以世界三大珍味之一的「松
露」形狀所製作的巧克力。

⑱板巧克力
tablette de chocolat (f.)
[tablɛt də ʃɔkɔla]/chocolate bar
如果腹肌練到像一塊一塊
切割好的巧克力,也可以
形容「好像巧克力～」。

⑲砂糖糕點
confiserie (f.)
[kɔ̃fizri]/confectionery

法國人喜好分類,就算是糕點也不例外,以下所介紹的是以砂
糖為主要原料的東西,不屬於蛋糕類,屬於砂糖糕點類。

⑳糖漬栗子
marron glacé (m.)
[ma(r)rɔ̃ glase]/candied
chestnuts

㉑糖果
bonbon (m.)
[bɔ̃bɔ̃]/candy

㉒法國喜糖
(包裹杏仁)
dragée (f.)
[draʒe]/
sugared
almond

新生兒受洗,經常以這
種天藍色或粉紅色的可
愛喜糖做為伴手禮。

★法國主要是以苦味巧克力為主流。法國人熱愛巧克力,不僅僅是因為它的美味,也因為巧克力有
抗氧化以及抗憂鬱的作用。順道一提,瑞士著名的是牛奶巧克力,而比利時著名的是夾心巧克力。

在蔬果店 1
Chez le primeur 1
[ʃe lə primœ:r œ̃]

① 蔬果店
primeur (m.)
[primœ:r]/greengrocer
「菜農」是 maraîcher [mare(ɛ)ʃe] (m.)、
maraîchère [mareʃɛ:r] (f.)。

② 蔬菜
légume (m.)
[legym]/vegetable

③ 菠菜
épinard (m.)
[epina:r]/spinach

④ 小黃瓜
concombre (m.)
[kɔ̃kɔ̃b:r]/cucumber

⑤ 茄子
aubergine (f.)
[obɛrʒin]/eggplant

⑥ 紅蘿蔔
carotte (f.)
[karɔt]/carrot

⑦ 紫高麗菜
chou rouge (m.)
[ʃu ru:ʒ]/red cabbage

⑪ 花椰菜
chou-fleur (m.)
[ʃuflœ:r]/cauliflower

⑮ 朝鮮薊
artichaut (m.)
[artiʃo]/antichoke

⑧ 蘆筍
asperge (f.)
[aspɛrʒ]/asparagus

⑫ 蕃茄
tomate (f.)
[tɔmat]/tomato

⑯ 蕪菁(小蘿蔔)
navet (m.)
[navɛ]/tunip

⑲ 薑
gingembre (m.)
[ʒɛ̃ʒɑ̃:br]/ginger

⑨ 青椒
poivron (m.)
[pwavrɔ̃]/bell pepper

⑬ 洋蔥
oignon (m.)
[ɔɲɔ̃]/onion

⑰ 馬鈴薯
pomme de terre (f.)
[pɔm də tɛ:r]/potato

⑳ 大蒜
ail (m.)
[aj]/garlic

⑩ 大蔥、韭蔥
poireau (m.)
[pwaro]/leek

⑭ 萵苣
laitue (f.)
[lety]/lettuce

⑱ 甜薯
patate douce (f.)
[patat dus]/sweet potato

★最近，復育老祖宗時代的蔬菜（**légumes anciennes** [legym ɑ̃sjɛn] (f. pl.)）也大受眾人矚目。

㉑菇菌類
champignon (m.)
[ʃɑ̃piɲɔ̃]/fungus,
mushroom
指「一般菇菌類」，也有
「真菌」的意思。

㉒鮑魚菇
pleurote (m.)
[plœrɔt]/oyster mushroom
外表大朵，口感上有點類似鴻
喜菇。是一種極受歡迎的食
材，很適合拿來炒或煮。

㉓洋菇
champignon de Paris (m.)
[ʃɑ̃piɲɔ̃ də pari]/mushroom

㉔松露
truffe
[tryf]/truffle
世界三大珍味之一。以法國西南部佩裏戈爾所產最著
名，亦有「黑鑽石」le diamant noir [lə diamɑ̃
nwa:r] (f.)之美稱，是超高價菇種。

㉕羊肚菇菌
morille (f.)
[mɔrij]/morel
這 是 一 種 較 稀 有 的 菇
類，產於春季。

㉖牛肝菌
cèpe (m.)
[sɛp]/flap mushroom
雖然沒日本松茸芳香，但
也是相當高級的菇類。

在蔬果店 2
Chez le primeur 2
[ʃe lə primœːr dø]

①水果
fruit (m.)
[fʀɥi]/fruit

②葡萄柚
pamplemousse (m.)
[pɑ̃pləmus]/grapefruit
agrumes[agrym] (m.pl.)
是柑橘類的總稱。

③橘子
mandarine (f.)
[mɑ̃darin]/tangerine
小型橘子叫做clémentine (f.)。

④檸檬
citron (m.)
[sitʀɔ̃]/lemon

⑤萊姆
citron vert (m.)
[sitʀɔ̃ vɛːr]/lime

⑥李子
prune (f.)
[pʀyn]/prune

⑦西洋梨
poire (f.)
[pwaːr]/pear

⑧杏桃
abricot (m.)
[abriko]/apricot

⑨蘋果
pomme (m.)
[pɔm]/apple

⑩水蜜桃
pêche (f.)
[pɛʃ]/peach
「釣魚」也叫
pêche (f.)。

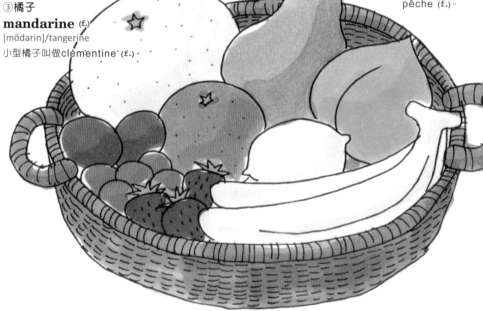

⑪草莓
fraise (f.)
[fʀɛːz]/strawberry
fruits rouges[fʀɥi ru:ʒ]
(m. pl.)是草莓、櫻桃以
及覆盆子等紅色水果的
總稱。

⑫櫻桃
cerise (f.)
[s(ə)riːz]/cherry

⑬無花果
figue (f.)
[fig]/fig

⑭桑椹
mûre (f.)
[my:r]/mulberry

⑮覆盆子
framboise (f.)
[frɑ̃bwaːz]/raspberry

⑯黑醋栗
cassis (m.)
[kasis]/blackcurrant
「黑醋栗酒」crème de
casis [krɛm də kasis] (f.)
基爾（Kir）是法國最著名
的餐前酒之一。

⑰香蕉
banane (f.)
[banan]/banana
南國或亞洲國家生產
的異國水果總稱是
fruits exotiques
[frɥi ɛgzɔtik] (m.
pl.)。

　★日本的柿子和梨子，用日文的Kaki[kaki]、Nashi[naʃi]就可以了。

⑱乾果類
fruit sec (m.)
[frɥi sɛk]/dried fruit

⑲栗子
châtaigne (f.)
[ʃɑtɛɲ]/chestnut

marron (m.)
[marɔ̃]/chestnut
巴黎著名的街道樹「七葉樹」marronnier [ma(r)rɔnje] (m.)，它的果實也叫marron，不過此種果實無法食用。

⑳花生
cacahuète (f.)
[kakaɥɛt]/peanut

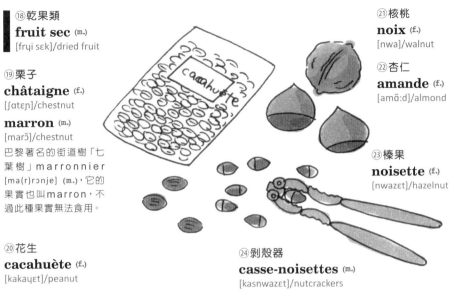

㉑核桃
noix (f.)
[nwa]/walnut

㉒杏仁
amande (f.)
[amɑ̃:d]/almond

㉓榛果
noisette (f.)
[nwazɛt]/hazelnut

㉔剝殼器
casse-noisettes (m.)
[kasnwazɛt]/nutcrackers

㉕香草類
fines herbes (f. pl.)
[fin ɛrb]/herbs

㉖迷迭香
romarin (m.)
[rɔmarɛ̃]/rosemary

㉗小茴香
aneth (m.)
[anɛt]/dill

㉘月桂葉
laurier (m.)
[lɔrje]/bay leaf

㉙鼠尾草
sauge (f.)
[so:ʒ]/sage

㉚丁香
clou de girofle (m.)
[klu də ʒirɔfl]/clove

㉛香芹
persil (m.)
[pɛrsi]/parsley

㉜羅勒
basilic (m.)
[bazilik]/basil

㉝百里香
thym (m.)
[tɛ̃]/thyme

㉞酸模
(一種生菜)
oseille (f.)
[ozɛj]/sorrel

㉟肉桂
cannelle (f.)
[kanɛl]/cinnamon

★適合搭配所有肉類、蔬菜與魚類的「普羅旺斯綜合香草」(普羅旺斯生產) herbes de Provence [ɛrb də prɔvɑ̃:s](f. pl.)也相當著名。

在肉店
Chez le boucher
[ʃe lə buʃe]

① 肉商
boucher (m.)
[buʃe]
bouchère (f.)
[buʃɛ:r]/butcher

② 豬肉加工品製造商
charcutier (m.)
[ʃarkytje]
charcutière (f.)
[ʃarkytjɛ:r]/pork butcher

③ 肉類
viande (f.)
[vjɑ̃:d]/meat

④ 牛肉
bœuf (m.)
[bœf]/beef

⑤ 小牛肉
veau (m.)
[vo]/veal
「乳牛」是veau de lait (m.)。

⑥ 羊肉
mouton (m.)
[mutɔ̃]/sheep, mutton

⑦ 小羊肉
agneau (m.)
[aɲo]/lamb
「乳羊」是agneau de lait[aɲo də lɛ] (m.)。

⑧ 豬肉
porc (m.)
[pɔ:r]/pork
「乳豬」的說法是 cochon de lait [koʃɔ̃ də lɛ](m.)。

⑨ 家禽類
volaille (f.)
[vɔlɑ:j]/poultry

⑩ 公雞
coq (m.)
[kɔk]/rooster

⑪ 雞肉
poulet (m.)
[pulɛ]/chicken

⑫ 鴿肉
pigeon (m.)
[piʒɔ̃]/pigeon
「乳鴿」是pigeonneau [piʒɔno] (m.)。

⑬ 火雞肉
dindon (m.)
[dɛ̃dɔ̃]
dinde (f.)
[dɛ̃:d]/turkey

⑭ 鴨、野鴨
canard (m.)
[kana:r]/duck
「小鴨」是caneton[kantɔ̃] (m.)、「小雌鴨」是canette [kanɛt] (f.)、「綠頭鴨」則是 col vert [kɔl vɛ:r] (m.)。

⑮ 鵝
oie (f.)
[wa]/goose

⑯ 珍珠雞
pintade (f.)
[pɛ̃tad]/guinea fowl

⑰ 兔肉
lapin (m.)
[lapɛ̃]/rabbit
「野兔」是 lièvre[ljɛ:vr] (m.)。兔肉是屬於家禽類。

★不只是蔬菜有季節性，肉類也有季節性，例如乳豬、乳牛、乳羊等小動物的肉是屬於春季肉品。此外，「野生肉品(野味)」gibier [ʒibje](m.)則是屬於秋天的料理。

⑱豬肉加工品，豬肉食品店
charcuterie (f.)
[ʃarkytri]/meat or pork-butcher's shop

⑲火腿肉
jambon (m.)
[ʒɑ̃bɔ̃]/ham
豬腿肉、或用豬腿肉
加工的火腿肉。

⑳法式凍派
terrine (f.)
[tɛ(r)rin]/terrine

㉑臘腸
saucisse (f.)
[sosis]/sausage
加工完畢的義式臘腸叫
saucisson[sosisɔ̃] (m.)。

㉒血腸
boudin (m.)
[budɛ̃]/blood
sausage
以豬血及豬油製作的
香腸。

㉓肉醬，肉醬罐頭
pâté (m.)
[pate]/ground meat

㉔內臟腸
andouille (f.)
[ɑ̃duj]/sausage made
of chitterlings
以豬的內臟所製成的
香腸。這個字也有
「蠢蛋、笨蛋」的意
思。小型的內臟腸稱
為 andouillette
[ɑ̃dujɛt] (f.)。

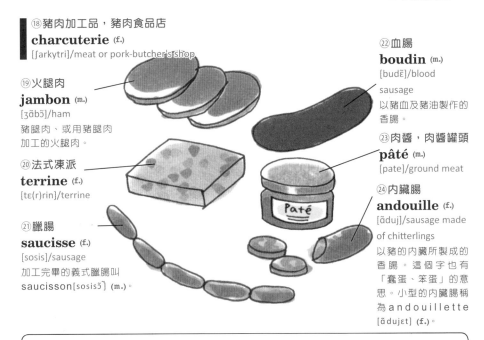

Pate

● 肉的部位名稱

食用的肉品，依不同部位有許多不同的稱呼，並且分類得相當細。下面以成年的牛為
例，介紹幾個具代表性的部位。

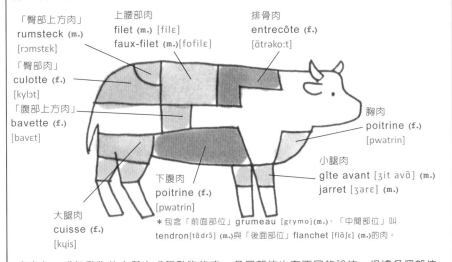

「臀部上方肉」
rumsteck (m.)
[rɔmstɛk]

「臀部肉」
culotte (f.)
[kylɔt]

「腹部上方肉」
bavette (f.)
[bavɛt]

上腰部肉
filet (m.) [filɛ]
faux-filet (m.)[fofilɛ]

排骨肉
entrecôte (f.)
[ɑ̃trəko:t]

胸肉
poitrine (f.)
[pwatrin]

小腿肉
gîte avant [ʒit avɑ̃] (m.)
jarret [ʒarɛ] (m.)

下腹肉
poitrine (f.)
[pwatrin]

大腿肉
cuisse (f.)
[kɥis]

*包含「前面部位」grumeau [grymo](m.)、「中間部位」叫
tendron[tɑ̃drɔ̃]與「後面部位」flanchet [flɑ̃ʃɛ] (m.)的肉。

事實上，成年動物的肉與未成年動物的肉，各個部位也有不同的說法，根據各個部位
的肉質優劣，又分為1~3不同的等級，要把每個部位的稱呼弄清楚確實不是件容易的
事。不過，如果知道的話，對於食物的知識就能更深入。

★「下水料理」叫做*tripes [trip](f. pl.) 也就是相當於人或動物的肚子及胃腸部位。

在魚店
A la poissonnerie
[a la pwasɔnri]

① 烹調魚類的師傅
poissonnier (m.)
[pwasɔnje]

poissonnière (f.)
[pwasɔnjɛːr]/fishmonger

② 魚類
poisson (m.)
[pwasɔ̃]/fish

③ 鰈魚
carrelet (m.)
[karlɛ]/plaice
鰈類總稱。「歐鰈」plie [pli]
(f.) 「黃蓋鰈」limande
[limã :d] (f.)。

④ 鱒魚
truite (f.)
[trɥit]/trout

⑤ 鮮鱈魚
cabillaud (m.)
[kabijo]/fresh cod
「鹽漬鱈魚」是
morue [mɔry](f.)。

⑥ 大菱魚
turbot (m.)
[tyrbo]/brill
也可以說barbue
(m.)。

⑦ 沙丁魚
sardine (f.)
[sardin]/sardine

⑧ 比目魚
sole (f.)
[sɔl]/sole

⑨ 鱸魚
bar (m.)
[baːr]/sea bass

⑩ 鮭魚
saumon (m.)
[somɔ̃]/salmon

⑪ 鯛魚
daurade (f.)
[dɔrad]/sea bream

⑫ 鮪魚
thon (m.)
[tɔ̃]/tuna
「黑鮪魚」是thon
rouge[tɔ̃ ruːʒ]
(m.)。

⑬ 章魚
pieuvre (f.)
[pjœːvr]/octopus
也可以說poulpe
[pulp] (m.)。

⑭ 烏賊
seiche (f.)
[sɛʃ]/squid
也可以說calamar
[kalamaːr] (m.)。

⑮ 薄片
tranche (f.)
[trãʃ]/slice

⑯ 去骨魚片
filet (m.)
[filɛ]/filet
「兩片比目魚身」是deux
filets de sole[dø filɛ də
sɔl]

⑰ 圓切片
darne (f.)
[darn]/fish steak

★「河魚」是屬於「淡水魚」poisson d'eau douce [pwasɔ̃ do dus] (m.)。

⑱貝類
coquillage (m.)
[kɔkijaːʒ]/shell

⑲扇貝
coquille Saint-Jacques (f.)
[kɔkij sɛ̃ʒak]/scallop

⑳鮑魚
ormeau (m.)
[ɔrmo]/abalone
也可以說oreille de mer
[ɔrɛjdəmɛːr](f.)，直譯是「海
的耳朵」。

㉑貽貝
moule (f.)
[mul]/mussel

㉒牡蠣、生蠔
huître (f.)
[ɥitr]/oyster

㉓甲殼類
crustacé (m.)
[krystase]/crustacean

㉔螃蟹
crabe (m.)
[krab]/crab

㉕淡水螯蝦
écrevisse (f.)
[ekrəvis]/crayfish

㉖蝦
crevette (f.)
[krəvɛt]/shrimp

㉗龍蝦
langouste (f.)
[lɑ̃gust]/lobster

㉘挪威海螯蝦
langoustine (f.)
[lɑ̃gustin]/Dublin Bay
prawn

㉙龍蝦
homard (m.)
[ɔmaːr]/lobster
請注意這個單字如
果加上冠詞 le
homard的話，發音
不連音，唸成 [l e
ɔmar]。

⑳海藻
algue (f.)
[alg]/seaweed

㉛田雞(腿)
grenouille (f.)
[grənuj]/frog legs
法國人吃的是「腿」cuisse (f.)的部分，英國人經常挪
揄法國人是「吃青蛙的民族」 mangeurs de
gernouilles [mɑ̃ʒœːr də grənuj](m. pl.)。

㉜田螺
escargot (m.)
[ɛskargo]/snail
勃艮第的名產之一。在田螺殼裡塞入蒜頭與奶油，放入
烤如章魚燒的洞洞鐵板內，再放入烤箱烤的田螺料理。

★法國把4月1日的愚人節稱為「4月的魚」poisson d'avril [pwasɔ̃ davril](m.)。這一天法國不管
是大人或小孩，都會把剪成魚形狀的紙張或玩具，貼在別人的背後互相愚弄。

葡萄酒與乳酪
Vin et Fromage
[vɛ̃ e frɔma:ʒ]

① 葡萄酒店
magasin de vin (m.)
[magazɛ̃ də vɛ̃]/wine shop

② 「這是用什麼品種做成的葡萄酒？」
C'est de quel cépage?
[se də kɛl sepa:ʒ]

③ 「請問產地是哪裡？」
C'est de quel terroir?
[se də kɛl tɛ(r)rwa:r]

④ 葡萄酒業者，酒窖管理人
caviste (m.)
[kavist]/cellarman

⑤ 葡萄酒製造業者
producteur de vin (m.)
[prɔdyktœ:r də vɛ̃]/wine producer

⑥ 酒窖、地下倉庫
cave (f.)
[ka:v]/basement, cellar

⑦ 酒桶、木桶
tonneau (m.)
[tɔno]/barrel

⑧ 產地
terroir (m.)
[tɛ(r)rwa:r]/region

⑨ 製造年份
millésime (m.)
[mi(l)lezim]/year
C'est un bon millésime.
意指「這是年份很棒的酒」。

⑩ 葡萄的品種
cépage (m.)
[sepa:ʒ]/grape variety
紅酒的代表性品種有merlot[mɛrlo] (m.)、cabernet [kabɛrnɛ](m.)、pinot noir [pino nwar] (m.)；白酒的代表性品種有chardonnay[ʃardɔnɛ] (m.)、sauvignon[soviɲɔ̃] (m.)、muscadet[myskadɛ] (m.)等。

⑪ 久藏葡萄酒
vin de garde
[vɛ̃ də gard]
有些葡萄酒會隨時間發酵而更香醇（例如：波爾多酒、勃艮地酒及隆河地區部分較高級的酒），行家們會買下年輕的酒待其熟成。

● 原產法定區域管制餐酒
Appellation d'Origine Contrôlée[apɛ(l)lasjɔ̃ dɔriʒin kɔ̃trole] (f.)，簡稱AOC，是由法國農業省管轄的INAO(原產地名稱國立院)來監督，這是對於原產地的原料、製造方法、品質保證均能符合高規格的標準的農產品，所給予的官方正式認證。AOC的管理行政有著相當嚴格的規定，如果發現有和AOC認可的農產品類似的產品名稱或仿製品，是會被處以法律刑責的。

★買葡萄酒時，如果要檢查酒瓶是否有傷痕，可以說「可以檢查一下酒瓶嗎？」Puis-je vérifier la bouteille ? [pɥiʒə verifje la butɛj]

⑫乳酪店
fromagerie (f.)
[frɔmaʒri]/cheese factory

⑬乳酪、起士
fromage (m.)
[frɔma:ʒ]/cheese

⑭乳酪製作師傅
fromager (m.)
[frɔmaʒe]

fromagère (f.)
[frɔmaʒɛ:r]/cheesemonger

⑮洗浸乳酪
fromage à pâte molle à croûte lavée (m.)
[frɔma:ʒ a pa:t mɔl a krut lave]/washed rind cheese

⑯藍紋乳酪
fromage à pâte persillée (m.)
[frɔma:ʒ a pa:t pɛrsije]/blue mold cheese

⑰自然形成外皮型
fromage à pâte molle à croûte naturelle (m.)
[frɔma:ʒ a pa:t mɔl a krut natyrɛl]/natural rind cheese

⑱白黴乳酪
fromage à pâte molle à croûte fleurie (m.)
[frɔma:ʒ a pa:t mɔl a krut flœri]/white mold cheese

⑲硬質乳酪
fromage à pressée (m.)
[frɔma:ʒ a prɛse]/hard cheese

也可以說à pâte dure [a pa:t dyr]。dur(e)是「硬的」之意。

⑳鮮乳酪
fromage frais (m.)
[frɔma:ʒ frɛ]/fresh white cheese

㉑乳製品區
crèmerie (f.)
[krɛmri]/dairy

㉒牛奶
lait (m.)
[lɛ]/milk

㉓優格
yaourt (m.)
[jaurt]/yogurt

㉔鮮奶油
crème (f.)
[krɛm]/cream
亦稱crème fraîche[krɛm frɛʃ](f.)。

㉕奶油
beurre (m.)
[bœ:r]/butter

★「牛奶乳酪」fromage de vache[frɔma:ʒ də vaʃ] (m.)「山羊奶乳酪」fromage de chèvre[frɔma:ʒ də ʃɛ:vr] (m.)，「母羊奶乳酪」fromage de brebis[frɔma:ʒ də brəbi] (m.)。

關於紅酒與乳酪

　　法國人覺得只要有紅酒、麵包與乳酪,就足夠解決一餐,可見得法國人的餐桌上少不了乳酪。據說法國有超過300種以上不同的乳酪,法國第五共和制的第一任總統戴高樂也曾說過,「要征服擁有這麼多乳酪種類的國家,確實是一件不容易的事」。

　　乳酪的種類反映出法國各地多樣的風土文化,乳酪的製法、材料與風味也各有不同。經常有人說紅酒與乳酪是搭配性極佳的食物,而葡萄酒的種類也幾乎和乳酪一樣多(甚至更多),若深入探究葡萄酒和乳酪的搭配性,那麼它們的組合真是數也數不清的!

　　「最簡單的組合,就是將相同產地的乳酪與紅酒一起搭配食用。」過去我在法國旅行時,曾有人這麼告訴我。其實,我建議不喜歡氣味較重的乳酪的人,先從口味較溫和的乳酪吃起,接著再試著與葡萄酒搭配食用,有許多人這樣慢慢品嚐出樂趣之後,從此愛上老饕喜愛的重口味乳酪呢!

◆ 較具代表性的葡萄酒產地、與適合與其搭配食用的乳酪

地區	葡萄酒 AOC產地名	乳酪
羅亞爾河谷地區	**Loire**	**Valençay** **Crottin de Chavignol**
阿基坦地區	**Bordeaux**	**Rocamadour** **Ossau-Iraty**
阿爾薩斯地區	**Alsace**	**Munster** **Géromé**
勃艮地地區	**Bourgogne**	**Brillat-savarin** **Epoissse**
隆河谷地	**Rhône**	**Saint-Marcelin** **Reblochon**
地中海沿岸地區	**Provence, Languedoc**	**Banon** **Pélardon**
香檳地區	**Champagne**	**Brie de Meaux** **Chaourse**

3

在法國居住

Vivre en France

[vi:vr ã frã:s]

　　法文Vivre 除了「居住」、「生活」之外，還有「生存」的意思。也就是說，對法國人而言，「生活」就等於「生存」。因此，法國是個相當講究生活樂趣的民族。順帶一提，Vive la France! 是「法國萬歲！」的意思。在法國生活，也許一開始會遭遇困難，不過習慣之後，一定會Vive la France! 的！

搬家
Déménager
[demenaʒe]

① 公寓

appartement (m.)

[apartəmã]/apartment

法國公寓的隔間大多是1客廳＋1
房間以上的組合，2隔間(1房1
廳)的房子叫做appartement
avec deux pièces[apartəmã
avɛk dø pjɛs] (m.)，光說deux
pièces[dø pjɛs] (m.)也可以。

② 小型套房

studio (m.)

[stydjo]/studio

只有一個房間的小型套房。

③ 房間

chambre (f.)

[ʃã:br]/chamber

④ 房屋仲介

agence immobilière (f.)

[aʒã:s i(m)mɔbiljɛr]/real estate

⑤ 附家具的(公寓、房子)

meublé(e)

[mœble]/furnished

⑥ 無附家具的

vide

[vid]/not furnished

vide 是「空的」的意思。

⑦「請問您要找什麼嗎？」

Qu'est-ce que vous cherchez?

[kɛskə vu ʃerʃe]

⑧「我想租房子。」

Un appartement à louer.

[œ̃ apartəmã a lwe]

⑨「您想住哪裡呢？」

Où voulez-vous habiter?

[u vulevu abite]

⑩「巴黎市區。」

Dans Paris.

[dã pari]

⑪房東
propriétaire (n.)
[prɔprietɛːr]/landlord

⑫承租人
locataire (n.)
[lɔkatɛːr]/tenant

⑬ 租金
loyer (m.)
[lwaje]/rent

⑭居住者、居民
habitant (m.)
[abitɑ̃]

habitante (f.)
[abitɑ̃ːt]/habitant

⑮外國人居住者
résident (m.)
[rezidɑ̃]

résidente (f.)
[rezidɑ̃ːt]/foreign
resident

「外國人居留許可
證」是carte de
résident (f.)
[kart də rezidɑ̃]

⑯地址
adresse (f.)
[adrɛs]/address

⑰搬家
déménagement (m.)
[demenaʒmɑ̃]/moving

⑱出發
partir
[partiːr]/leave

⑲搬家公司
déménageur (m.)
[demenaʒœːr]/furniture remover

⑳卡車
camion (m.)
[kamjɔ̃]/truck

㉑轉居證明
déclaration de changement d'adresse (f.)
[deklarasjɔ̃ də ʃɑ̃ʒmɑ̃ dadrɛs]
外國居留者搬家必須到當地警察局提出轉居證明。

★ 簽合約時對於租屋狀況的確認作業叫état des lieux[eta de ljø] (m.)，合約到期必須如資料上
所記載的狀態歸還屋主。

建築物
Bâtiment
[batimã]

① 居住
habiter
[abite]/live

② 附近
voisinage (m.)
[vwazina:ʒ]/neighbourhood

③ 鄰居
voisin (m.)
voisine (f.)
[vwazɛ̃, -in]/neighbour

④ 管理員
gardien (m.)
[gardjɛ̃]
gardienne (f.)
[gardjɛn]/security guard
也可以說concierge[kɔ̃sjɛrʒ] (n.)。

⑤ 面向道路的
côté rue
[kote ry]/street side

⑥ 面向中庭的
côté cour
[kote ku:r]/face the courtyard

⑦ 電梯
ascenseur (m.)
[asɑ̃sœ:r]/elevator

⑧ 樓梯
escalier (m.)
[ɛskalje]/stairs

⑨ 樓層
étage (m.)
[eta:ʒ]/floor

⑮ 五樓(法國稱為四樓)
quatrième étage (m.)
[katrijɛm eta:ʒ]/fifth floor

⑭ 四樓(法國稱為三樓)
troisième étage (m.)
[trwazjɛm eta:ʒ]/fourth floor

⑬ 三樓(法國稱為二樓)
deuxième étage (m.)
[døzjɛm eta:ʒ]/third floor

⑫ 二樓 (法國稱為一樓)
premier étage (m.)
[prəmje eta:ʒ]/second floor

⑪ 一樓 (底層)
rez-de-chaussée (m.)
[redʃose]/first floor, ground-floor

⑩ 地下室
sous-sol (m.)
[susɔl]/basement
sous 是「……之下」，sol
是「地面」，這樣想就容易
多了。

★如果被鄰居噪音問題nuisances de voisinage[nɥizɑ̃:s də vwazina:ʒ](f. pl.)干擾，可以向公寓
管理員申訴，如果屢勸不聽也可以到附近派出所 poste de police [pɔst də pɔlis](m.)找警員商量。

⑲煙囪
cheminée (f.)
[ʃ(ə)mine]/chimney

⑯獨棟房屋、
別墅
maison (f.)
[mɛzɔ̃]/house

⑰屋頂
toit (m.)
[twa]/roof

⑱天窗
lucarne (f.)
[lykarn]/skylight

⑳ 窗
fenêtre (f.)
[f(ə)nɛtr]/window

㉑牆壁
mur (m.)
[my:r]/wall

㉒百葉窗
volet (m.)
[vɔlɛ]/shutter

㉓門
porte (f.)
[pɔrt]/door

㉔鑰匙
clef (f.)
[kle] /key
也可以寫成clé[kle]。「門鎖」是
serrure[sɛ(r)ry:r](f.)。

㉕信箱
boîte aux lettres (f.)
[bwat o lɛtr]/mailbox

㉖柵欄
barrière (f.)
[barjɛ:r]/barrier, fence

㉗大門
porte (f.)
[pɔrt]/door, entrance

㉘陽台
balcon (m.)
[balkɔ̃]/balcony

㉙露天陽台
terrasse (f.)
[tɛ(r)ras]/terrace

㉚玄關、入口
entrée (f.)
[ɑ̃tre]/doorway, entrance

㉛門鈴
sonnette (f.)
[sɔnɛt]/bell

㉜庭園
jardin (m.)
[ʒardɛ̃]/garden

㉝中庭
cour (f.)
[ku:r]/courtyard

㉞車庫
garage (m.)
[gara:ʒ]/garage

㉟倉庫
débarras (m.)
[debara]/storage room

★有不少小偷會破壞門鎖闖空屋，請務必事先記好「鎖匠」serrurier[sɛryrje] (m.)的電話。

起居室
Salle de séjour
[sal də seʒu:r]

①起居室
salle de séjour (f.)
[sal də seʒu:r]/living room
也可以用英文的living[liviŋ] (m.)這個字，招待客人的地方叫salon[salɔ̃] (m.)「客廳、會客室」。

②衣帽架
porte-manteau (m.)
[pɔrtmãto]/coat rack

③窗簾
rideau (m.)
[rido]/curtain

④天花板
plafond (m.)
[plafɔ̃]/ceiling

⑤照明、燈光
lumière (f.)
[lymjɛ:r]/light

⑥吊燈、蠟燭台
chandelier (m.)
[ʃãdəlje]/candlestick

⑦電燈
lampe (f.)
[lã:p]/lamp
「開燈」是 allumer la lumière[alyme la lymjɛ:r]或 allumer la lampe[alyme la lã:p]。

⑧長靠背椅
canapé (m.)
[kanape]/sofa, couch

⑨ 扶手椅
fauteuil (m.)
[fotœj]/armchair
多人坐的長沙發叫canapé，單人坐的扶手椅(不管是否為沙發椅)都叫fauteuil。住小套房(studio)的人喜歡利用的「沙發床」叫做canapé-lit[kanapeli] (m.)。

⑩茶几、矮桌
table basse (f.)
[tabl bɑ:s]/coffee table
放在沙發前的矮桌。

⑪地板
sol (m.)
[sɔl]/ground
「鑲木地板」叫做parquet[parkɛ](m.)。

⑫地毯
moquette (f.)
[mɔkɛt]/carpet

⑬小地毯
tapis (m.)
[tapi]/carpet, rug

⑭走廊
couloir (m.)
[kulwa:r]/hallway

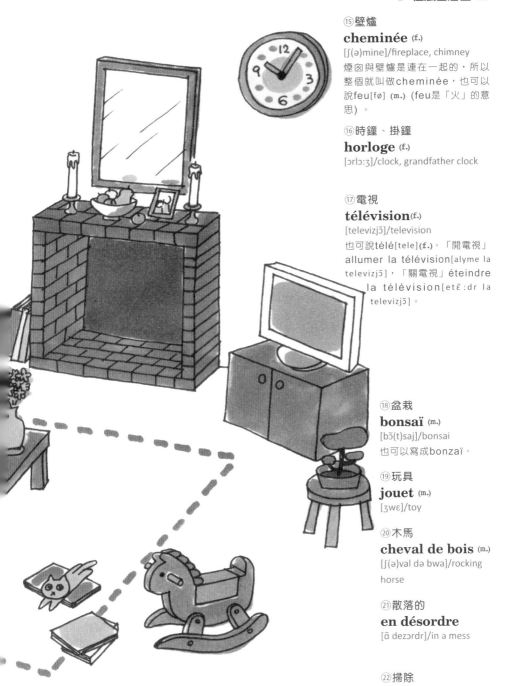

⑮壁爐
cheminée (f.)
[ʃ(ə)mine]/fireplace, chimney
煙囪與壁爐是連在一起的，所以整個就叫做cheminée，也可以說feu[fø] (m.) (feu是「火」的意思)。

⑯時鐘、掛鐘
horloge (f.)
[ɔrlɔːʒ]/clock, grandfather clock

⑰電視
télévision(f.)
[televizjɔ̃]/television
也可說télé[tele] (f.)。「開電視」allumer la télévision[alyme la televizjɔ̃]，「關電視」éteindre la télévision[etɛ̃ːdr la televizjɔ̃]。

⑱盆栽
bonsaï (m.)
[bɔ̃(t)saj]/bonsai
也可以寫成bonzaï。

⑲玩具
jouet (m.)
[ʒwɛ]/toy

⑳木馬
cheval de bois (m.)
[ʃ(ə)val də bwa]/rocking horse

㉑散落的
en désordre
[ɑ̃ dezɔrdr]/in a mess

㉒掃除
nettoyage (m.)
[nɛtwaja:ʒ]/cleaning

★在巴黎，不少人喜歡栽種盆栽，一般的觀賞植物就叫做plante [plɑ̃:t](f.)，模仿日本盆栽的小型樹木則屬不同種類，注意bonsaï的發音為[bɔ̃(t)saj]。

臥室、書房
Chambre, Bureau
[ʃɑ̃:br] [byro]

①臥室
chambre à coucher (f.)
[ʃɑ̃:br a kuʃe]/bedroom
如法文字面上的意義「去睡覺的房間」。也可以光說 chambre(f.)。coucher是「臥」，se coucher[sə kuʃe]是「躺」，「我要睡了」是Je vais me coucher.[ʒə vɛ mə kuʃe]

②床舖
lit (m.)
[li]/bed
「趕快去睡覺！」是au lit! [o li]

③床單
drap (m.)
[dra]/sheet

④棉被
couette (f.)
[kwɛt]/comforter,quilt

⑤毯子
couverture (f.)
[kuvɛrty:r]/blanket

⑥枕頭
oreiller (m.)
[ɔrɛje]/pillow
oreille[ɔrɛj] (f.) 是「耳朵」之意。「讓耳朵靠在上面」就是枕頭。「枕邊」是chevet[ʃ(ə)vɛ] (m.)，「枕邊書」是livre de chevet[li:vr də ʃ(ə)vɛ] (m.)，也就是我們說的「床頭書」的意思。

⑦鬧鐘
réveil (m.)
[revɛj]/alarm clock

⑧衣櫃、衣櫥
commode (f.)
[kɔmɔd]/chest of drawers

⑨寵物
animaux domestiques (m. pl.)
[animo dɔmɛstik]/pet

⑩狗
chien (m.)
[ʃjɛ̃]
chienne (f.)
[ʃjɛn]/dog
「小狗」是chiot[ʃjo] (m.)。

⑪貓
chat (m.)
[ʃa]
chatte (f.)
[ʃat]/cat
「小貓」是chaton [ʃatɔ̃](m.)。

⑫書房
bureau (m.)
[byro]/office
bureau還有「辦公桌、辦公室、勤務室」的意思。

⑬書桌
bureau (m.)
[byro]/desk

⑭抽屜
tiroir (m.)
[tirwa:r]/drawer

⑮書櫃
étagère à livres (f.)
[etaʒɛ:r a li:vr]/book shelf

⑯有線電話
téléphone fixe (f.)
[telefɔn fiks]/telephone

⑰行動電話
téléphone mobile
(m.)[telefɔn mɔbil]/
mobile phone
也可說
(téléphone)
portable
[pɔttabl] (m.)。

⑱電腦
ordinateur (m.)
[ɔrdinatœ:r]/computer

⑲鍵盤
clavier (m.)
[klavje]/keyboard

⑳滑鼠
souris (f.)
[suri]/mouse
法文的「滑鼠」也和英文一樣用「老鼠」這個字。

㉑網際網路
internet (m.)
[intənet]/internet

㉒電子信箱
courrier électronique (m.)
[ku(r)rje elɛktrɔnik]/E-mail

㉓筆
stylo (m.)
[stilo]/pen
「鋼筆」是stylo à plume [stilo a plym] (m.)。

㉔書
livre (m.)
[li:vr]/book
「看書」是
lire un livre
[li:r œ li:vr]。

㉕字典
dictionnaire (m.)
[diksjɔnɛ:r]/dictionary
「查字典」consulter un dictionnaire
[kɔ̃sylte œ̃ diksjɔnɛ:r]。

MP3-24

廚房、飯廳
Cuisine, Salle à manger
[kɥizin] [sal a mɑ̃ʒe]

① 廚房
cuisine (f.)
[kɥizin]/kitchen

② 飯廳
salle à manger (f.)
[sal a mɑ̃ʒe]/dining room

③ 烹調器具
ustensiles culinaires (m.pl.)
[ystɑ̃sil kylinɛːr]/cookware

④ 砧板
planche (f.)
[plɑ̃ʃ]/cutting board

⑤ 刀
couteau (m.)
[kuto]/knife

⑥ 雙耳鍋
marmite (f.)
[marmit]/po

⑦ 單柄鍋
casserole (f.)
[marmit]/pan

⑧ 平底鍋
poêle (f.)
[pwal]/frying pan

⑨ 紙巾
serviette (f.)
[sɛrvjɛt]/napkin

⑩ 桌巾
nappe (f.)
[nap]/tablecloth

⑪ 電磁爐
plaque chauffante (f.)
[plak ʃofɑ̃ːt]/stove

⑫ 盆
bassine (f.)
[basin]/tub

⑬ 烤箱
four (m.)
[fuːr]/oven

⑭微波爐
four à micro-onde (m.)
[fu:r a mikrɔ̃:d]/microwave oven

⑮熱水瓶
bouilloire (f.)
[bujwa:r]/kettle
在法國沒有日式的保溫熱水瓶。

⑯咖啡機
machine à café (f.)
[maʃin a kafe]/coffeemaker
「滴落式咖啡壺」是cafetière[kaftjɛ:r](f.)。

⑰廚房用洗潔精
lessive pour vaisselle (f.)
[lɛsi:v pur vɛsɛl]/dishwashing liquid

⑱洗碗機
machine à laver la vaisselle (f.)
[maʃin a lave la vɛsɛl]/dishwasher
也可以說lave-vaisselle [lavvɛsɛl] (m.)。

⑲洗衣機
machine à laver (f.)
[maʃin a lave]/washing machine
「洗衣服」是faire la lessive[fɛ:r la lesi:v]或laver le linge[lave lə lɛ̃:ʒ] (m.)，「清洗衣物」是linge (m.)，「洗滌劑」是lessive (f.)。

⑳冰箱
réfrigérateur (m.)
[refriʒeratœ:r]/refrigerator
口語上也可以說frigo[frigo] (m.)。

㉑垃圾桶
poubelle (f.)
[pubɛl]/garbage can
「廚餘類垃圾」是ordures[ɔrdy:r](f. pl.)，用的是複數形，如果用的是單數，可以意指「如垃圾般的傢伙、人渣」。「紙屑、廢棄物」是déchets[deʃɛ] (m. pl.)，用的也是複數形。

㉒早餐
petit-déjeuner (m.)
[pətideʒœne]/breakfast

㉓午餐
déjeuner (m.)
[deʒœne]/lunch

㉔晚餐
dîner (m.)
[dine]/dinner
「不費工夫的簡易晚餐」叫dînette[dinɛt] (f.)。

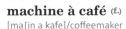

㉕點心
goûter (m.)
[gute]/snack
「點心時間」是l'heure du goûter[lœ:r dy gute]，「吃零食」是grignoter[griɲɔte]。

浴室、洗手間
Salle de bains, Toilettes
[sal də bɛ̃] [twalɛt]

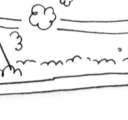

①浴室
salle de bains (f.)
[sal də bɛ̃]/bathroom

②洗澡
prendre le bain
[prɑ̃dr lə bɛ̃]/take a bath

③浴缸
baignoire (f.)
[bɛɲwa:r]/bath tub
「在浴缸放水」是remplir la baignoire[rɑ̃pli:r la bɛɲwa:r]，「把浴缸水放掉」是 vider la baignoire[vide rɑ̃pli:r la bɛɲwa:r]。

④水龍頭
robinet (m.)
[rɔbinɛ]/faucet

⑤鏡子
miroir (m.)
[mirwa:r]/mirror

⑥淋浴
douche (f.)
[duʃ]/shower
「淋浴」是prendre la douche[prɑ̃dr la duʃ]，「聽到不好的消息」、「被潑了冷水」可以說recevoir une douche froide[rəsvwa:r yn duʃ frwad]。

⑦香皂
savon (m.)
[savɔ̃]/soap

⑧沐浴乳
gel douche (m.)
[ʒɛl duʃ]/body shampoo

⑨洗頭
shampoing (m.)
[ʃɑ̃pwɛ̃]/shampoo

⑩潤髮乳
après-shampoing (m.)
[aprɛ ʃɑ̃pwɛ̃]/conditioner

⑪海綿
éponge (f.)
[epɔ̃:ʒ]/sponge
jeter l'éponge[ʒəte lepɔ̃:ʒ]
是「投降」的意思。

⑫泡沫
mousse (f.)
[mus]/foam

⑬洗臉台
lavabo (m.)
[lavabo]/sink

⑭吹風機
séchoir (m.)
[seʃwa:r]/dryer

⑮牙膏、牙粉
dentifrice (m.)
[dɑ̃tifris]/toothpaste

⑯牙刷
brosse à dent (f.)
[brɔs a dɑ̃]/toothbrush

⑰身體乳液
lotion pour le corps (f.)
[losjɔ̃ pur lə kɔ:r]/body lotion
也可以說lotion corporelle[losjɔ̃ kɔrpɔrɛl]。(f.)

⑱毛巾
serviette (f.)
[sɛrvjɛt]/towel

⑲浴巾
serviette de bain (f.)
[sɛrvjɛt də bɛ̃]/bath towel
在法國，浴室通常會有大中小三種尺寸的毛巾。

⑳廁所
toilettes (f.pl.)
[twalɛt]/restroom, toilet
在法國有不少地方「廁所」也會用英文的簡稱W.C.。(m.)

㉑馬桶
cuvette des toilettes (f.)
[kyvɛt de twalɛt]/toilet

㉒衛生紙
papier-toilettes (m.)
[papjetwalɛt]/toilet paper

● 想上洗手間時……
法國許多公寓的廁所和洗澡間是合在一起的，若到別人家想上廁所時，一般會說Où est la salle de bain ?[u ɛ la sal də bɛ̃](請問浴室在哪？)，也可用文雅些的說法問 Je peux laver les mains?[ʒə pø lave le mɛ̃](我可以洗個手嗎？)。此外，只有廁所與洗臉台的地方叫cabinet de toilette[kabinɛ də twalɛt] (m.)。萬一急著上廁所，還是直接問Où sont les toilettes? [u sɔ̃ le twalɛt](請問廁所在哪？) 最快哦！

各式各樣的道謝方式

　　向對方表達謝意時,可以依地位高低、不同場合、或與對方的熟識度,來變換各種不同的表達方式。

Merci.
[mɛrsi]

「謝謝!」,若不認識的人在車站的出口幫你開門,可以這樣輕聲向他道謝。

Merci beaucoup!
[mɛrsi boku]

「非常感謝!」,比Merci.更親切、也更能讓對方感受謝意的說法。

Merci infiniment!
[mɛrsi ɛ̃finimã]

「感激不盡!」之意,直譯就是「無限感謝!」。

Mille mercis!
[mil mɛrsi]

「萬分感謝!」用於較親密的家人或同伴,直譯是「謝你一千次!」。

Je vous en remercie
[ʒə vu sã rəmɛrsi]

「誠摯感謝!」,對於長輩或於正式場合的禮貌說法,若要表達更深的謝意,可加上beaucoup [boku] (非常) 或de tout mon cœur[də tu mɔ̃ kœːr](從心底)等字。

avec mes remerciements
[avɛk me rəmɛrsimã]

「致上真摯的謝意」的意思。要致贈禮品給曾經照顧過你的人,不妨把這句話寫在卡片上!

Merci beaucoup!

4

日常生活

La vie de tous les jours

[la vi də tu le ʒuːr]

　　不親切、不愛理人、自視高傲是許多人對於巴黎人的負面評語。其實，這些負面的印象大多是外表帶給人的感覺。事實上，法國人只是不喜歡裝模作樣、做表面工夫。取而代之的，是法國人「自由、平等、友愛」的精神。在法國，如果碰到外國人遭遇困境，法國人的民族性是會非常樂於伸手協助的！

日常生活溝通
Communication au quotidien
[kɔmynikasjɔ̃ o kɔtidjɛ̃]

① 「幸會、很高興認識您。」
Enchanté(e).
[ɑ̃ʃɑ̃te]

② 「早安！」「午安！」
Bonjour
[bɔ̃ʒuːr]

③ 「晚安！」
Bonsoir
[bɔ̃swaːr]

④ 「你好嗎？」
Comment allez-vous?
[kɔmɑ̃talevu]

較隨興的說法是Comment ça va? [kɔmɑ̃ sa va]或Comment vas-tu? [kɔmɑ̃ vatu]

⑤ 「今天天氣真好！」
Quel beau temps!
[kɛl bo tɑ̃]

天氣好時，許多人會笑著這麼說；天氣不好時，法國人會皺眉說「天氣真差！」Il fait mauvais.[il fɛ movɛ]

⑥ 「哈囉！」
Salut!
[saly]

⑦ 「最近好嗎？」
Ça va?
[sa va]

⑧ 「再見！」
Au revoir!
[o rəvwaːr]

⑨ 「祝您有美好的一天！」
Passez une bonne journée !
[pase yn bɔn ʒurne]

「祝您有美好的午後！」Bon après-midi![bɔ̃ aprɛmidi]
「祝您有美好的夜晚！」Bonne soirée ! [bɔn sware]

⑩ 「晚安！」
Bonne nuit!
[bɔn nɥi]

⑪ 握手
se serrer la main
[sə sɛ(r)re la mɛ̃]

⑫「謝謝！」
Merci.
[mɛrsi]

⑬「非常感謝你！」
Merci beaucoup.
[mɛrsi boku]

⑭「不客氣！」
(禮貌說法)
Je vous en prie.
[ʒə vu sã pri]
(親密同伴之間的說法)
Je t'en prie.
[ʒə tã pri]

⑮「不客氣。」
Il n'y a pas de quoi.
[il nja pa də kwa]

也可簡單地說Pas de quoi.[pa də kwa]、De rien.[də rjɛ̃] 或Ce n'est rien.[sə ne rjɛ̃]。

⑯派對、聚會
fête (f.)
[fɛt]/party
「開派對」是faire la fête[fɛːr la fɛt]。

⑰派對主人
hôte (m.)
[oːt]

hôtesse (f.)
[otɛs]/host, hostess
負責招待客人的主人或女主人。

⑱邀請函
invitation (f.)
[ɛ̃vitasjɔ̃]/invitation
在邀請函上常看到R.S.V.P.的字眼，這是代表「請回覆」résponse s'il vous plait[repɔ̃ːs sil vu plɛ]的縮寫。

⑲客人
invité (m.)
invitée (f.)
[ɛ̃vite]/guest

⑳「恭喜！」
Félicitations!
[felisitasjɔ̃]

㉑禮物
cadeau (m.)
[kado]/gift

㉒紀念品
souvenir (m.)
[suvniːr]/souvenir
此詞彙亦有「記憶」、「回憶」等意。

㉓服裝
tenue (f.)
[təny]/outfit

㉔喬裝、假扮
déguisement (m.)
[degizmã]/disguise

★動詞Fêter[fete]是「慶祝～」的意思。

自我介紹
Se présenter
[sə prezɑ̃te]

② 「我叫山田大介。」
Je m'appelle Daisuke Yamada.
[ʒə mapɛl daisuke yamada]

③ 「她是我的女朋友。」
C'est ma petite amie.
[sɛ ma pətit ami]

① 「你叫什麼名字？」
Comment vous appelez-vous?
[kɔmɑ̃ vu saplevu]

④ 朋友
ami (m.)
amie (f.)
[ami]/
friend

⑤ 男女朋友、戀人
petit ami (m.)
[pəti ami]/boy friend

petite amie (f.)
[pətit ami]/girl friend

⑥ 家族、家庭
famille (f.)
[famij]/family

⑦ 父親
père (m.)
[pɛ:r]/father

⑧ 母親
mère (f.)
[mɛ:r]/
mother

⑨ 祖父
grand-père (m.)
[grɑ̃pɛ:r]/grandfather

⑩ 祖母
grand-mère (f.)
[grɑ̃mɛ:r]/grandmother

⑪ 丈夫
mari (m.)
[mari]/husband

⑫ 妻子
femme (f.)
[fam]/wife

⑬ 哥哥
grand frère (m.)
[grɑ̃ frɛ:r]/elder brother

⑭ 姊姊
grande sœur (f.)
[grɑ̃:d sœ:r]/elder sister

⑮ 弟弟
petit frère (m.)
[pəti frɛ:r]/younger brother

⑯ 妹妹
petite sœur (f.)
[pətit sœr]/younger sister

⑰ 兒子
fils (m.)
[fis]/son

⑱ 女兒
fille (f.)
[fij]/daughter
也有「女孩子」
的意思。

⑲ 小孩
enfant (n.)
[ɑ̃fɑ̃]/child

⑳ 公民結合契約
PACS [paks]
(m.)

Pacte civil de solidarité [pakt sivil də sɔlidarite]的縮寫。這是同性或異性的兩名成年人依民法所簽定的民事契約，政府對不婚或無法結婚的伴侶，給予等同已婚夫妻的權利，在契約中雙方認定共同生活之權利與義務。順帶一提，近年來法國兒童有一半以上都是PACS伴侶制度下出生的孩子。

★對於家人比較親密的稱呼有「爸比」papa [papa] (m.)、「媽咪」maman[mamɑ̃](f.)、「爺爺」papi[papi] (m.)、「奶奶」mamie [mami](f.)、「寶貝」bébé [bebe](m.)。

㉑個性
caractère (m.pl.)
[karaktɛ:r]/personality

㉓憤世嫉俗的人
cynique
[sinik]/cynic

㉔開朗的
gai(e)
[ge]/cheerful

㉕溫柔的、親切的
gentil
[ʒɑ̃ti]
gentille
[ʒɑ̃tij]/gentle, kind

㉒「他是個什麼樣的人呢？」
Comment est-il?
[kɔmɑ̃ e til]

如果是女性，il就變成
elle[ɛl]。

㉖聰明的
intelligent
[ɛ̃tɛliʒɑ̃]
intelligente
[ɛ̃tɛliʒɑ̃:t]/intelligent, clever

㉗愚笨的
stupide
[stypid]/stupid
這個字陰性與陽性
都是同一個字。
「蠢蛋」則是
idiot[idjɔ] (m.) /
idiote[idjɔt] (f.)。

㉘多話的
bavard
[bavar]
bavarde
[bavard]/talkative

㉙懶惰的人
paresseux
[parɛsø]
paresseuse
[parɛsø:z]/slacker

㉚可愛的
mignon
[miɲɔ̃]
mignonne
[miɲɔn]/cute

㉛善良的
bon
[bɔ̃]
bonne
[bɔn]/good, nice

㉜認真的
sérieux
[serjø]
sérieuse
[serjø:z]/serious

㉝有趣的
amusant
[amyzɑ̃]
amusante
[amyzɑ̃:t]/amusing, funny

㉞高雅的
élégant
[elegɑ̃]
élégante
[elegɑ̃:t]/elegant

㉟勇敢的，努力的
courageux
[kuraʒø]
courageuse
[kuraʒø:z]/brave

★介紹自己的妻子或丈夫時經常會用「配偶」époux[epu] (m.) / épouse[epu:z] (f.) 這個字。

安逸的生活
Bien-être
[bjɛ̃nɛtr]

bien-être的生活方式，對於法國人是非常重要的。這個字指的是「在生活中，身心靈皆處於一種非常健康富足的狀態」。因此，在生活壓力較大的巴黎街頭，經常會看到各種標榜bien-être的廣告。

①療癒
remède (m.)
[rəmɛd]/remedy
「治療」是apaiser
[apɛze]或calmer
[kalme]。

②放鬆的
détendu(e)
[detɑ̃dy]/relaxed
這個字是指從「緊張」
tension[tɑ̃sjɔ̃] (f.)中
放鬆後的感覺。

③疲累、疲勞感
fatigue (f.)
[fatig]/fatigue

④體力
force physique (f.)
[fɔrs fizik]/force
「(體力)回復」是
récupération
[rekyperasjɔ̃](f.)。

⑤身體保養
soin du corps (m.)
[swɛ̃dy kɔːr]/body care
「臉的保養」是soin du
visage[swɛ̃ dy vizaːʒ]。

⑥美容
beauté (f.)
[bote]/beauty

⑦日曬
bronzage (m.)
[brɔ̃zaːʒ]/suntan
「防曬」是éviter l'exposition au
soleil[evite lɛkspozisjɔ̃ o sɔlɛj]。

⑧放鬆
relaxation (f.)
[rəlaksasjɔ̃]/
relaxation

⑨健康
santé (f.)
[sɑ̃te]/health

⑩芳香療法
aromathérapie (f.)
[arɔmaterapi]/aromatherapy
「精油」是huile essentielle
[ɥil esɑ̃ sjɛl] (f.)。

⑪效用
effets bénéfiques (m.pl.)
[efɛ benefik]/effect
「專注力」是concertation
[kɔ̃ sɛrtasjɔ̃] (f.)，「抗壓」是anti-
stress[ɑ̃ tistrɛs] (m.)，「憂鬱」是
dépression [deprɛsjɔ̃] (f.)，「安
眠」是sommeil [sɔmɛj] (m.)，「(精
力)回復」是récupération
[rekyperasjɔ̃](f.)。

⑫香氣
parfum (m.)
[parfœ̃]/perfume
「味道」是odeur
[ɔdœːr] (f.)。

★法國女性可以說完全不在意日曬，她們反而覺得曬黑是性感的象徵。到了夏天，女性競相地露出皮膚做日光浴，這部分和一生追求「美白」的東方人是截然不同的。

⑬水療、溫泉
spa (m.)
[spa]/spa

⑭按摩
massages (m.pl.)
[masaʒ]/massage
「做按摩」是masser
[mase]，「中式推拿按
摩」是massage
chinois[masaʒ ʃinwa]
(m.)。

⑮按摩用油
huile pour massage (f.)
[ɥil pur masaʒ]/massage oil

⑯按壓
appuyer
[apɥije]/to press

⑰撫摸
caresser
[karɛse]/chuck

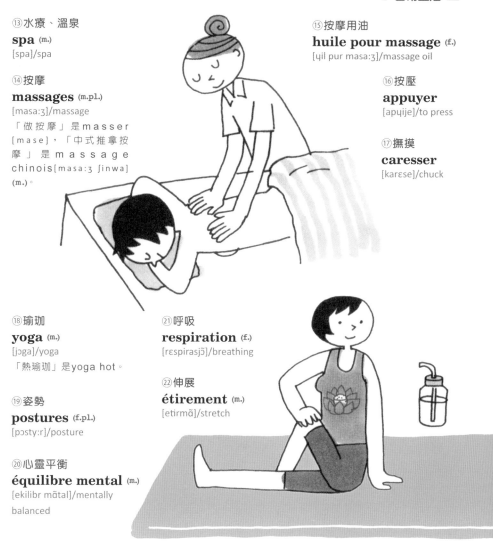

⑱瑜珈
yoga (m.)
[jɔga]/yoga
「熱瑜珈」是yoga hot。

⑲姿勢
postures (f.pl.)
[pɔsty:r]/posture

⑳心靈平衡
équilibre mental (m.)
[ekilibr mɑ̃tal]/mentally
balanced

㉑呼吸
respiration (f.)
[rɛspirasjɔ̃]/breathing

㉒伸展
étirement (m.)
[etirmɑ̃]/stretch

● **各式各樣的水療**
過去法國的「溫泉」station thermale (f.)[stasjɔ̃ tɛrmal]，主要是以醫治病人的「溫泉療法」cure thermale (f.) [ky:r tɛrmal]或癒後的「復健療法」rééducation (f.)[reedykasjɔ̃]為主。近年來「海水療法」thalassothérapie (f.)[talasɔterapi] (利用海水的一種「療法」)、礦泉水療法、或是結合餐廳、美容、健身設備的高級旅館和高級美容中心相當受到大眾歡迎。在海邊旅館優雅的享受著低卡、有助瘦身（cure d'amaigrissement (f.) [ky:r amegrismɑ̃]）的美食，同時用以海草為主、能讓肌膚光滑細嫩的芳香精油做舒壓按摩。對充滿緊張壓力的都會女性來說，彷彿置身於天堂（paradis (m.)[paradi]）。

美容院
Salon de coiffure
[salɔ̃ də kwafy:r]

①髮型設計師
coiffeur (m.)
[kwafœ:r]

coiffeuse (f.)
[kwafø:z]/hair stylist

②剪髮
coupe (f.)
[kup]/cutting
「請人剪頭髮」是se
faire couper les
cheveux[sə fɛ:r
kupe le ʃ(ə)vø]。

③燙髮
permanente (f.)
[pɛrmanã:t]/perm

④洗髮
shampoing (m.)
[ʃɑ̃pwɛ̃]/shampoo

⑤整眉
faire épiler les sourcils
[fɛ:r epile le sursi]/get eyebrow fixed
這裡是指拔眉修眉型。「眉毛」是
sourcils(m. pl.)，「拔除多餘的眉
毛」是épilation (f.)[epilasjɔ̃]。

⑥燙睫毛
faire la permanente des cils
[fɛ:r la pɛrmanã:t de sil]/get eyelashes permed
在美容院就有這項服務。

⑦染髮
coloration (f.)
[kɔlɔrasjɔ̃]/dyeing
也可說couleur (f.)
[kulœ:r]。
「染色樣本」是
échantillons de
couleur (m. pl.)
[eʃɑ̃ tisjɔ̃ də kulœ:r]。

⑧金髮的
blond
[blɔ̃]
blonde[blɔ̃:d] / blond

⑨栗色的
châtain
[ʃatɛ̃]/brown

⑩明亮的
clair(e)
[klɛ:r]/
bright

⑪深色的
foncé(e)
[fɔ̃se]/dark

⑫「請問要做什麼樣的髮型？」
Quel style de coiffure voulez-vous ?
[kɛl stil də kwafy:r vulevu]

★「打層次」是se faire coiffer de shaggy[sə fɛ:r kwafe də ʃægɪ]，「剪齊」是se faire couper les pointes des cheveux tout droit [sə fɛ:r kupe le pwɛ̃:t de ʃ(ə)vø tu drwa]。

⑬前髮、瀏海
frange (f.)
[frɑ̃:ʒ] /ahead, front

⑯上面的頭髮
dessus (m.)
[dəsy]/top

⑭後面的頭髮
derrière (m.)
[dɛrjɛ:r]/back

⑮側面的頭髮
côtés (m. pl.)
[kote]/sides

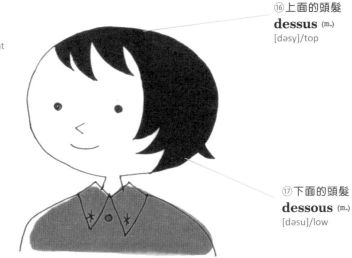

⑰下面的頭髮
dessous (m.)
[dəsu]/low

⑱髮質
nature de cheveux (f.)
[natyr də ʃəvø]/hair type

⑳捲髮
cheveux bouclés (m. pl.)
[ʃəvø bukle]/curly hair

㉑受損頭髮
cheveux abîmés (m. pl.)
[ʃəvø abime]/damaged hair

⑲直髮
cheveux raides(m. pl.)
[ʃəvø rɛd]/straight hair

㉒健康的頭髮
cheveux saints (m. pl.)
[ʃəvø sɛ̃, -t]/healthy hair

㉓長髮
coupe longue (f.)
[kup lɔ̃g:]/long hair
「中長髮」是coupe mi-longue [kup milɔ̃g:] (f.)，「娃娃頭」是coupe au carré [kup o ka(r)re]。

㉔短髮
coupe courte (f.)
[kup kurt]/short hair

★「柔軟髮」cheveux mous[ʃəvø mu] (m. pl.)，「細髮」cheveux fins[ʃəvø fɛ̃] (m. pl.)，[ʃɛdisipline] (m. pl.)。 「厚髮」cheveux épais [ʃəvø epɛ] (m. pl.)，「自然捲」cheveux indisciplinés[ʃəvø

看醫生
Consulter le médecin
[kɔ̃sylte lə mɛdsɛ̃]

② 「有沒有發燒？」
Avez-vous de la fièvre ?
[avevu də la fjɛ:vr]

① 醫院
hôpital (m.)
[ɔpital]/ mɛdsɛ̃
「私人診所」是clinique
[klinik] (f.)。

④ 「哪裡不舒服呢？」
Qu'est-ce-qui vous arrive?
[kɛski vu a(r)riv]

⑥ 「請多保重！」
Soignez-vous bien !
[swaɲevu bjɛ̃]

「我的病好了。」是 Je
suis guéri(e). [ʒə sɥi
geri]

⑦ 醫師
médecin (m.)
[mɛdsɛ̃]/doctor
「主治醫師」是
médecin traitant
[mɛdsɛ̃ trɛtɑ̃](m.)。

⑩ 藥局
pharmacie (f.)
[farmasi]/pharmacy

⑧ 護士
infirmier (m.)
[ɛ̃firmje]

infirmière (f.)
[ɛ̃firmjɛ:r]/nurse

⑪ 處方籤
ordonnance (m.)
[ɔrdɔnɑ̃:s]/prescription

⑨ 治療
traitement (m.)
[trɛtmɑ̃]/treatment

⑫ 藥
médicament (m.)
[medikamɑ̃]/medicine
「抗生素」antibiotiques
(m. pl.) [ɑ̃tibjɔtik]
「止痛藥」antalgique
(m.) [ɑ̃talʒik]
「退燒藥」fébrifuge (m.)
[febrify:ʒ]

● 各種不同的「疼痛」

　　表達身體的疼痛感覺時，經常會用到avoir mal這個說法。mal(m.)這個字有「壞的」之意，在表達「困難」、「麻煩」或「痛苦」也常用到這個字。常見路邊小朋友摔倒時一邊哭一邊喊J'ai mal![ʒɛ mal] (好痛呀！)，兒語「痛痛」也有個可愛的說法叫bobo (m.)[bobo]。

　　「胃痛」是J'ai mal à l'estomac.[ʒɛ mal a lɛstɔma]，「肚子痛」是J'ai mal au ventre[ʒɛ mal o vɑ̃:tr]，「他牙齒痛」是Il a mal aux dents. [il a mal o dɑ̃]。此外，在法國看病，除了急診、婦產科及牙科之外，都必須先經由家庭醫師médecin de famille (m.) [mɛdsɛ̃ də famij]的診察。

③「有一點。」
Oui, un peu.
[wi œ̃ pø]

⑤「昨天開始就有頭痛情形。」
Depuis hier, j'ai mal à la tête.
[dəpɥi jɛːr ʒɛ mal a la tɛt]

⑬生病
maladies (f. pl.)
[maladi]/sickness

⑭發燒
fièvre (f.)
[fjɛːvr]/fever
「我發燒了」是J'ai
de la fièvre. [ʒə də
la fjɛːvr]

⑮感冒
rhume (f.)
[rym]/cold
「患感冒」attraper
un rhume[atrape œ̃
rym]。「流行性感
冒」grippe(f.)[grip]

⑯憂鬱
dépression (f.)
[deprɛsjɔ̃]/depression

⑰過敏
allergies (f. pl.)
[alɛrʒi]/allergy
「我對花粉過敏」是Je
suis allergique aux
pollens[ʒə sɥi alɛrʒik
o pɔlɛn]。

⑱傷，傷口
blessure (f.)
[blɛsyːr]/injury, wound
「重傷」blessure grave[blɛsyːr] (f.) [blɛsyːr graːv]
「輕傷」blessue légère (f.) [blɛsyːr leʒɛːr]

⑲受傷
blessé(e)
[blɛse]/injured, wounded
「我受傷了。」是Je suis
blessé [ʒə sɥi blɛse](e)。

⑳切傷
coupure (f.)
[kupyːr]/cutting
「我切到手指了。」是Je me suis
coupé(e) au doigt.[ʒə mə sɥi kupe]

㉑疼痛
douleur (f.)
[dulœːr]/ache, pain

㉒癢
démangeaisons(f.)
[demãʒɛzɔ̃]/itch

㉓繃帶
pansement (m.)
[pãsmã]/bandage
「OK繃」的說法是
pansement adhésif
[pãsmã adezif](m.)。

★「急病」是maladie subite (f.) [maladi sybit]，「慢性疾病」是maladie chronique (f.)
[maladi krɔnik]，「代謝症候群」是syndrome métabolique (m.)[sɛ̃droːm metabɔlik]。

身體各部位的名稱
Le nom des parties du corps
[lə nɔ̃ de parti dy kɔːr]

①身體
corps (m.)
[kɔːr]/body

②頭
tête (f.)
[tɛt]/head

③脖子
cou (m.)
[ku]/neck

④喉嚨
gorge (f.)
[gɔrʒ]/throat

⑤肩膀
épaules (f. pl.)
[epoːl]/shoulder

⑥胸部
seins (m. pl.)
[sɛ̃]/chest
poitrine (f.)[pwatrin]也是胸部的意思，用於較客觀廣泛的範圍(例：動物的胸肉、解剖學上醫學用語的人類胸部、或測量胸圍時所用)。seins[sɛ̃]也指女性的胸部(乳房)、或情緒上的表達指「內心」、「心中」之意。

⑦腹部
ventre (m.)
[vɑ̃ːtr]/tummy

⑧背部
dos (m.)
[do]/back

⑨髖、臀部
hanches (f. pl.)
[ɑ̃ːʃ]/ haunch,hips

⑩屁股
fesses (f. pl.)
[fɛs]/hips

⑪皮膚
peau (f.)
[po]/skin

⑫手
mains (f. pl.)
[mɛ̃]/hands

⑬手臂
bras (m. pl.)
[bra]/arms

⑭手肘
coudes (m. pl.)
[kud]/elbows

⑮手腕
poignets (m. pl.)
[pwaɲɛ]/wrists

⑯手指
doigts (m. pl.)
[dwa]/fingers

⑰腿部
jambes (f. pl.)
[ʒɑ̃ːb]/legs
一般而言，是指膝蓋以下到腳踝的部位。

⑱膝蓋
genoux (m. pl.)
[ʒənu]/knee

⑲腳踝
chevilles (f. pl.)
[ʃ(ə)vij]/ankles

⑳腳
pieds (m. pl.)
[pje]/feet
腳踝到腳趾部位。

㉑腳後跟
talon (m.)
[talɔ̃]/heel

㉒臉
visage (m.)
[viza:ʒ]/face

㉓額頭
front (m.)
[frɔ̃]/forehead

㉔眼睛
yeux (m. pl.)
[jø]/eyes
單數形是œil[œj]，拼法
和發音都大不同，請特
別注意。

㉕耳朵
oreilles (f. pl.)
[ɔrɛj]/ears

㉖鼻子
nez (m.)
[ne]/nose

㉗嘴巴
bouche (f.)
[buʃ]/mouth

㉘頭髮
cheveux (m. pl.)
[ʃ(ə)vø]/hair

㉙眉毛
sourcils (m. pl.)
[sursi]/eyebrow

㉚睫毛
cils (m. pl.)
[sil]/eyelashes

㉛臉頰
joues (f. pl.)
[ʒu]/cheeks

㉜嘴唇
lèvres (f. pl.)
[lɛ:vr]/lips

㉝牙齒
dent (f.)
[dã]/tooth

㉞下巴
menton (m.)
[mãtɔ̃]/chin

㉟內臟
viscères (m. pl.)
[visɛ:r]/viscus

㊱肺
poumon (m.)
[pumɔ̃]/lung

㊲心臟
cœur (m.)
[kœ:r]/heart

㊳肝臟
foie (m.)
[fwa]/liver
脂肪肝與「鵝肝醬」foie
gras[fwa gra]是同樣的
字，不要搞混了。

㊴腎臟
reins (m. pl.)
[rɛ̃]/kidneys

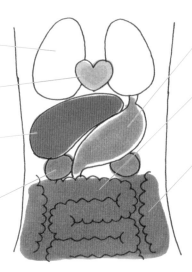

㊵胃
estomac (m.)
[ɛstɔma]/stomach

㊶小腸
intestin grêle (m.)
[ɛ̃tɛstɛ̃ grɛl]/small
intestine

㊷大腸
gros intestin (m.)
[grosɛ̃tɛstɛ̃]/large
intestine

㊸膀胱
vessie (f.)
[vesi]/bladder
「膀胱炎」的說法是
inflammation de la
vessie (f.) [ɛ̃flamasjɔ̃ də la
vesi]。

生活中的種種問題
Les problèmes au quotidien
[le prɔblɛm o kɔtidjɛ̃]

①火災
incendie (f.)
[ɛ̃sɑ̃di]/fire

③消防站
caserne de pompiers (f.)
[kazɛrn də pɔ̃pje]/fire department

④消防員
pompier (m.)
[pɔ̃pje]/fireman

⑤消防車
camion de pompier (m.)
[kamjɔ̃ də pɔ̃pje]/fire engine

⑥煙
fumée (f.)
[fyme]/smoke

「燻製」也是用同樣的字，例如「煙燻鮭魚」叫saumon fumé [somɔ̃ fyme] (m.)。「沒有火的地方不會有煙」是Il n'y a pas de fumée sans feu. [ilnja pa də fyme sɑ̃ fø]

⑦火災警報器
alarme incendie (f.)
[alarm ɛ̃sɑ̃di]/fire alarm

② 「失火了！」
Au feu !
[o fø]

⑧滅火器
extincteur (m.)
[ɛkstɛ̃ktœ:r]/extinguisher

⑨救護車
ambulance (f.)
[ɑ̃bylɑ̃:s]/ambulance
「快叫救護車！」是Appelez l'ambulance.[aple lɑ̃bylɑ̃:s]

⑩停電
panne d'électricité (f.)
[pan delɛktrisite]/power failure

⑪燈泡
ampoule (f.)
[ɑ̃pul]/bulb
「燈泡沒電」l'ampoule a grillé [lɑ̃pul a grije]
「電燈短路」court-circuit (m.) [kursirkɥi]

⑫故障
panne (f.)
[pan]/breakdown
「故障中」en panne [ɑ̃ pan]

⑬噪音
bruits (m. pl.)
[brɥi]/noise

⑭漏水
fuite d'eau (f.)
[fɥit do]/leaking
「瓦斯漏氣」是fuite de gaz [fɥit də ga:z] (f.)。

★7月13日晚上是法國國慶日的前一晚，法國各地的消防隊會依慣例舉辦舞會，這就是「消防員的舞會」Bal des pompiers。

⑮竊盜、搶劫
vols (m. pl.)
[vɔl]/theft

⑯「救命！」
Au secours !
[o s(ə) ku:r]

⑰「快叫警察！」
Appelez la police !
[aple la pɔlis]

⑱警察局
commissariat de police (m.)
[kɔmisarja də pɔlis]/police station

⑲警察
agent de police (m.)
[aʒɑ̃ də pɔlis]/police

⑳警車
voiture de police (f.)
[vwaty:r də pɔlis]/police car

㉑身份證
pièce d'identité (f.)
[pjɛs didɑ̃tite]/ID card

㉒搶劫
vol à la tire (m.)
[vɔl a la ti:r]/pickpocketing

㉓扒手
pickpocket (m.)
[pikpɔkɛt]/pickpocket
在地鐵或車站經常有「小心
扒手」Attention aux
pickpockets[atɑ̃ sjɔ̃ o
pikpɔkɛt]的廣播。

㉔小偷
voleur (m.)
[vɔlœ:r]

voleuse (f.)
[vɔlø:z]/robber, thief
侵入他人住宅的竊盜叫
cambriolage
[kɑ̃brijɔla:ʒ] (m.)。

㉕闖入住宅
intrusion au domicile (f.)
[ɛ̃tryzjɔ̃ o dɔmisil]/home intrusion

㉖強盜
cambrioleur à main armée (m.)
[kɑ̃brijɔlœ:r a mɛ̃ arme]/robber

77

一天的生活
Au cours de la journée
[o ku:r də la ʒurne]

① 時間
heure (f.)
[œ:r]/time

② 1點
une heure
[ynœ:r]/one am

③ 2點
deux heures
[døzœ:r]/two am

④ 3點
trois heures
[trwazœ:r]/three am

⑤ 4點
quatre heures
[katr œ:r]/four am

⑥ 5點
cinq heures
[sɛ̆kœ:r]/five am

⑦ 6點
six heures
[sizœ:r]/six am

⑧ 7點
sept heures
[sɛtœ:r]/seven am

⑨ 8點
huit heures
[ɥitœ:r]/eight am

⑩ 9點
neuf heures
[nœfœ:r]/nine am

⑪ 10 點
dix heures
[dizœ:r]/ten am

⑫ 11點
onze heures
[ɔ̆zœ:r]/eleven am

⑬ 12點
douze heures
[duzœ:r]/twelve pm

⑭ 13點
treize heures
[trɛzœ:r]/one pm

⑮ 14點
quatorze heures
[katɔrzœ:r]/two pm

⑯ 15點
quinze heures
[kɛ̆:zœ:r]/three pm

⑰ 16點
seize heures
[sɛ:zœ:r]/four pm

⑱ 17點
dix-sept heures
[disɛtœ:r]/five pm

⑲ 18點
dix-huit heures
[dizɥitœ:r]/six pm

⑳ 19點
dix-neuf heures
[diznœf:œr]/seven pm

㉑ 20點
vingt heures
[vɛ̆tœ:r]/eight pm

㉒ 21點
vingt-et-une heures
[vɛ̆teynœ:r]/nine pm

㉓ 22點
vingt-deux heures
[vɛ̆tdøzœ:r]/ten pm

㉔ 23點
vingt-trois heures
[vɛ̆trwazœ:r]/eleven pm

㉕ 24點
vingt-quatre heures
[vɛ̆katrœ:r]/twelve am

㉖ 15分
quinze minutes
[kɛ̆z minyt]/fifteen minutes
15分也可以用「刻」的說法un quart d'heure [œ̆ ka:r dœ:r] (m.)來表達。

㉗ 30分
trente minutes
[trã:t minyt dəmi]/thirty minutes
也可以用「半小時」une demie[yn d(ə)mi] (f.) 表達。

㉘ 45分
quarante cinq minutes
[karã:t sɛ̆k minyt]/forty-five minutes
也可以用「離整點還有15分」moins le quart [mwɛ̆ lə ka:r]這樣的說法

★ 在法國雖然也有人採用「早上／下午○點」12小時制的說法，但24小時制的用法較為普遍。

㉙一日、白晝
une journée
[yn ʒurne]/daytime
「在白天」dans la journée
[dɑ̃ la ʒurne]。

㉚早上
matin (m.)
[matɛ̃]/early in the morning

㉛醒、睡醒
réveil (m.)
[revɛj]/awaking
「醒來」是 se réveiller[sə revɛj]。

㉜早起的
matinal(e)
[matinal]/to be up early
「他很早起。」Il est matinal. [ilɛ matinal]

㉝上午
matinée (f.)
[matine]/morning
「在上午」dans la matinée. [dɑ̃ la matine]

㉞中午(12點)
midi (m.)
[midi]/noon
「在中午」是 à midi [a midi]。

㉟下午
après-midi (m.)
[aprɛmidi]/afternoon
「在下午」是dans l'après-midi [dɑ̃ laprɛmidi]。

㊱傍晚、晚上
soir (m.)
[swa:r]/evening
「在傍晚」是au soir [o swa:r]

㊲晚上
soirée (f.)
[sware]/evening
「在晚上」dans la soirée [dɑ̃ la sware]或en soirée [ɑ̃ sware]。

㊳夜晚
nuit (f.)
[nɥi]/night
「在晚上」是 dans la nuit [dɑ̃ la nɥi]。

㊴半夜、午夜(凌晨12點)
minuit (m.)
[minɥi]/midnight

㊵睡覺
dormir
[dɔrmi:r]/sleep
「睡得好嗎？」Bien dormi(e) ? [bjɛ̃ dɔrmi]
「祝你好眠。」Dormez bien. [dɔrme bjɛ̃]

㊶夢
rêve (m.)
[rɛ:v]/dream
「惡夢」是 cauchemar [koʃma:r] (m.)

法國的一年
Une année en France
[ynane ã frã:s]

① 四季
quatre saisons (m. pl.)
[katr sɛzɔ̃/four seasons

② 春天
printemps (m.)
[prɛ̃tɑ̃]/spring

③ 夏天
été (m.)
[ete]/summer

⑤ 冬天
hiver (m.)
[ivɛ:r]/winter

④ 秋天
automne (m.)
[otɔn]/autumn, fall

⑥ 月曆
calendrier (m.)
[kalɑ̃drije]/calendar

⑦ 年
année (f.)
[ane]/year
「今年」cette année
[sɛtane]「去年」l'année
dernière [lane dɛrnjɛ:r]
「明年」l'année
prochaine [lane prɔʃɛn]

⑧ 月
mois (m.)
[mwa]/month
「這個月」ce mois-ci
[sə mwasi]「上個月」le
mois dernier [lə mwa
dɛrnje]「下個月」le mois
prochain[[lə mwa prɔʃɛ̃]

⑨ 週
semaine (f.)
[səmɛn]/week

⑩ 日
jour (m.)
[ʒu:r]/day

⑪ 夏令時間
heure d'été (f.)
[œ:r dete]/summer time

⑫ 冬令時間
heure d'hiver (f.)
[œ:r divɛ:r]/winter time

⑬ 星期一
lundi (m.)
[lœ̃di]/Monday

⑭ 星期二
mardi (m.)
[mardi]/Tuesday

⑮ 星期三
mercredi (m.)
[mɛrkrədi]/
Wednesday

⑯ 星期四
jeudi (m.)
[ʒødi]/Thursday

⑰ 星期五
vendredi (m.)
[vɑ̃drədi]/Friday

⑱ 星期六
samedi (m.)
[samdi]/Saturday

⑲ 星期日
dimanche(m.)
[dimɑ̃:ʃ]/Sunday

★年齡的單位、或是計算有多少「年」時，用的是an [ɑ̃] (m.)這個字。↗

⑳一年的節慶
fête annuelles (f. pl.)
[fɛt a(n)nɥɛl]/annual festival

㉑1月
janvier
[ʒɑ̃vje]/
January

1日：le jour de l'an [lə ʒuːr də lɑ̃] 元旦、國定假日。
6日：Épiphanie [epifani](f.) 主顯節。紀念東方三聖人訪問耶穌誕生地。

㉒2月
février
[fevrije]/
February

14日：Saint-Valentin [sɛ̃ valɑ̃ tin]「西洋情人節」。是屬於伴侶間的節日，夫婦或男女朋友間會互贈禮物、花束或一起到餐廳用餐 。

㉓3月
mars
[mars]/
March

復活節：Pâques [pɑ:k](f. pl.) 街上到處看得到販賣兔子或彩蛋狀巧克力。
復活節過後的下週一：Le lundi de Pâques[lə lœ̃ di pɑ:k]，國定假日。

㉔4月
avril
[avril]/
April

㉕5月
mai
[mɛ]/
May

1日：le 1er mai [lə prəmje mɛ]：國際勞動節。這天會互贈鈴蘭花。
8日：le 8 mai [lə ɥit mɛ] 第二次世界大戰終戰紀念日。
5月中旬：Ascension [asɑ̃sjɔ̃] (f.) 耶穌升天日、國定假日。
5月下旬：Pentecôte [pɑ̃tkɔ:t] (f.) 聖靈降臨日。
聖靈降臨日後的下週一：Le lundi de Pentecôte[lə lœ̃ di də pɑ̃ tkɔ:t]，國定假日

㉖6月
juin
[ʒɥɛ̃]/
June

學期結束：la fin de l'année scolaire [la fɛ̃ də lane skɔlɛ:r]

㉗7月
juillet
[ʒɥijɛ]/July

14日：La fête nationale du 14 juillet [la fet nasjɔ̃ nal dy katɔrz ʒɥijɛ] 革命紀念日、法國國慶、國定假日。
7、8月夏天：是法國人的渡假季節 vacances d'été[vakɑ̃:s dete]。

㉘8月
août
[u(t)]/August

15日：Assomption [asɔ̃ psjɔ̃] 聖母升天日、國定假日。

㉙9月
septembre
[sɛptɑ̃:br]/
September

學期開始：la rentrée scolaire [la rɑ̃ tre skɔlɛ:r](f.)。

㉚10月
octobre
[ɔktɔbr]/
October

1日：Toussaint [tusɛ̃]萬靈節(諸聖瞻禮節)。這天是法國民族掃墓節，法國人會追思祭祖，以菊花裝飾墓園。

㉛11月
novembre
[nɔvɑ̃:br]/
November

11日：Armistice [armistis] (m.) 第一次世界大戰終戰紀念日。
第三個星期四：l'arrivée du Beaujolais [la(r)rive dy boʒɔlɛ] 薄酒萊上市。

㉜12月
décembre
[desɑ̃:br]/
December

24日晚上：Le réveillion de Noël [lə revɛjɔ̃ də nɔɛl]聖誕夜。
25日：Noël [nɔɛl] (m.) 聖誕節
31日：le jour de la St. Sylvestre [lə juːr də la sɛ̃ silvɛstr] 除夕。

↘《例》「她20歲。」Elle a 20 ans. [ɛlavɛ̃tɑ̃]
「5年前就來巴黎生活了。」是Je vis à Paris depuis 5 ans.[ʒə vi a pari dəpɥi sɛ̃kɑ̃]

數字
Les chiffres
[le ʃifr]

① 0 **zéro**
[zero]/zero

② 1 **un** (m.)
[œ̃]
une (f.)
[yn]/one

③ 2 **deux**
[dø]/two

④ 3 **trois**
[trwa]/three

⑤ 4 **quatre**
[katr]/four

⑥ 5 **cinq**
[sɛ̃k]/five

⑦ 6 **six**
[sis]/six

⑧ 7 **sept**
[sɛt]/seven

⑨ 8 **huit**
[ɥit]/eight

⑩ 9 **neuf**
[nœf]/nine

⑪ 10 **dix**
[dis]/ten

⑫ 11 **onze**
[ɔ̃ːz]/eleven

⑬ 12 **douze**
[duːz]/twelve

⑭ 13 **treize**
[trɛːz]/thirteen

⑮ 14 **quatorze**
[katɔrz]/fourteen

⑯ 15 **quinze**
[kɛ̃ːz]/fifteen

⑰ 16 **seize**
[sɛːz]/sixteen

⑱ 17 **dix-sept**
[disɛt]/seventeen

⑲ 18 **dix-huit**
[disɥit]/eighteen

⑳ 19 **dix-neuf**
[disnœf]/nineteen

㉑ 20 **vingt**
[vɛ̃]/twenty

● 用手指數數　　法國人和日本人不同，是先從大拇指依序一個一個打開。

I 1　　2　　3　　4　　5

82

㉒30
trente
[trã:t]/thirty

㉓40
quarante
[karã:t]/forty

㉔50
cinquante
[sɛ̃kã:t]/fifty

㉕60
soixante
[swasã:t]/sixty

㉖70
soixante-dix
[swasãtdis]/seventy

㉗80
quatre-vingts
[katrəvɛ̃]/eighty

㉘90
quatre-vingt-dix
[katrəvɛ̃dis]/ninety

㉙100
cent
[sã]/one hundred

㉚1,000
mille
[mil]/one thousand

㉛10,000
dix mille
[dis mil]/ten thousand

㉜第一
premier (m.)
[prəmje]

première (f.)
[prəmjɛ:r]/first

㉝第二
deuxième
[døzjɛm]/second

㉞第三
troisième
[trwazjɛm]/third

㉟第四
quatrième
[katrijɛm]/fourth

㊱第五
cinquième
[sɛ̃kjɛm]/fifth

<例>
- 第一個 la première pièce [la prəmjɛ:r pjɛs]只有第一和第二時，或表示第二順位時，用的是second (m.)[s(ə)gɔ̃] / seconde (f.) [s(ə)gɔ̃:d]。
- 第二小提琴 le second violon [lə s(ə)gɔ̃ vjɔlɔ̃]
- 第二次結婚(再婚) le deuxième mariage [lə døzjɛm marija:ʒ] le second mariage [lə s(ə)gɔ̃ marija:ʒ]
- 第三瓶(飲料) la troisième bouteille [la trwazjɛm butɛj]

勿讓自己成為竊盜案件的受害者!

在巴黎,許多扒手及騙子是專門鎖定觀光客下手的,尤其來自東方的觀光客,身上經常帶著大額現金,並將錢包等貴重品放進口袋,或是不將皮包關緊就到處趴趴走,這些人可以說是扒手們心目中的「肥羊」。

這類竊盜事件通常發生在車站或電車車廂內,如果發現附近好像有吉普賽籍的小孩們靠近、或是在電扶梯裡被可疑的男子前後包圍,請立即離開現場。若真的陷入危險狀況,請大聲呼喊(用中文也沒關係)。另外,在街上閒逛散步時,最好穿著較樸實的衣服,因為這是保護自己、遠離危險的重要護身符,隨身包包最好斜背於肩上或是夾在腋下。還有,ATM附近也要小心可疑人士,若有人向你尋求機器操作的協助,請立刻予以拒絕。在香榭大道或歌劇區附近,甚至發生過騙子佯裝便衣警官的案件!這些假警察向路人要求出示身份證或錢包,接著就把現金給盜走了!此外,在旅館或餐廳內暫放的物品被盜、或是掛在椅子上的衣服口袋內的護照及錢包被偷,等等的竊盜事件可說是層出不窮。這類事件當中,最惡劣的莫過於下藥的強盜了,這類強盜經常在咖啡廳出沒,他可能親切地向你打招呼,並趁不注意時在你的飲料裡摻入安眠藥,待被害人員充滿睡意時偷走皮包。

請記住,可疑的人士,不管是帥哥或美女都不要輕易相信他(她)。只要心存戒心,就能預防奇怪的人靠近。為了讓旅遊中的每一個相遇都成為美好的回憶,平時就要學會觀察形形色色的人。

若發生竊盜事件,請即刻依①~③的順序處理,接著和保險公司討論損失賠償事宜。

① 聯絡銀行止付信用卡及旅行支票
faire opposition sur carte de crédit / au chéquier
[fɛːr ɔpozisjɔ̃ syr kart də kredi / o ʃekje]

② 向警方報案
déposer une plainte commissariat de police
[depoze yn plɛ̃ːt kɔmisarja də pɔlis]

③ 向法國的日本大使館通報 (尤其是護照被盜或遺失時)
rapporter au service consulaire de l'Ambassade du Japon
[rapɔrte o sɛrvis kɔ̃sylɛːr də lɑ̃basad dy ʒapɔ̃]

5

購物巴黎

Le shopping à Paris
[lə ʃɔpiŋ a pari]

　　巴黎街道，是一個代表歐洲歷史與文化的街道，不論食衣住行、各行各業，在「法國製」高級品牌的背書之下，其品味與專業技術可說是無懈可及。從一般觀光旅客、歐洲的王宮貴族、阿拉伯的女王到全世界的影視明星，都愛到巴黎來購物血拼。因此，在巴黎，不只在高級服飾店有機會看到名人，連跳蚤市場、早市等地方都可能撞見素顏的大明星呢！

上街購物去！
Aller faire du shopping
[ale fɛːr dy ʃɔpiŋ]

① 購物
faire des courses
[fɛːr de kurs]/go shopping

② 店家、商店
magasin (m.)
[magazɛ̃]/store, shop

boutique (f.)
[butik]/boutique, store

③ 百貨公司
grand magasin (m.)
[grã magazɛ̃]/department store

⑨ 跳蚤市場
marché aux puces (m.)
[marʃe o pus]/flea market

⑩ 二手市集、二手商品
brocante (f.)
[brɔkãːt]/second hand market, second hand goods

⑪ 古董品
antiquités (f. pl.)
[ãtikite]/antique
「古董店」antiquaire (n.) [ãtikɛːr]

⑫ 中古貨
occasion (f.)
[ɔkazjɔ̃]/second hand goods
「新品」neuf (m.)[nœf]。

⑬ 舊貨
bric-à-brac (m.)
[brikabrak]/junk

⑭ 挖掘到的寶物
trouvaille (f.)
[truvaːj]/find

⑮ (價格)划算
prix soldé (m.)
[pri sɔlde]/sale

⑯ 古董家具
mobilier ancien (m.)
[mɔbilje ãsjɛ̃]/antique furniture
也可以說meubles anciens (m. pl.)[mœbl ã sjɛ̃]

⑰ 古董娃娃
poupée ancienne (f.)
[pupe ãsjɛn]/antique doll

⑱ 陶藝品
céramique (f.)
[seramik]/ceramic

⑲ 打折
discuter le prix
[diskyte lə pri]/discuss the price

★ 巴黎三大百貨公司為Printemps（春天百貨）、Galeries Lafayette（老佛爺百貨）、和法國歷史最悠久的Au Bon Marché。

④ 逛街、購物

courir les magasin
[kuri:r le magazɛ̃]/go shopping

⑤ 櫥窗

vitrine (f.)
[vitrin]/shop window

到了聖誕季節，巴黎的百貨公司會費心把櫥窗裝飾得美輪美奐。

⑥ 人形模特兒

mannequin (m.)
[mankɛ̃]/fashion model

一般的真人模特兒用的也是這個字。

⑦ 售後服務

service après-vente (m.)
[sɛrvis aprɛvãt]/after-sales service

⑧ 大特價

soldes (m. pl.)
[sɔld]/sale

一年有兩次，於1月和6月舉辦特賣。

⑳ 「多少錢？」

Combien ça coûte ?
[kɔ̃bjɛ̃ sa kut]

㉑ 「太貴了！」

C'est trop cher !
[sɛ tro ʃɛ:r]

㉒ 「打個折好嗎？」

Vous ne pouvez pas baisser le prix ?
[vu nə puve pa bese lə pri]

「古董品」與「舊貨」的差異，在於「古董品」是稀有物品，且具古董性價值，而光是年代久遠卻無用的是一般舊貨。在跳蚤市場買東西，注意須先評估商品再交涉價錢，不妨多跑幾次，或許可撿到便宜喔！

★ 發掘骨董或舊物，法文叫chiner [ʃine]，如同我們口語上說「撿寶」、「挖寶」，是法國人經常用的說法。

在服飾店
Au magasin de vêtements
[o magazɛ̃ də vɛtmɑ̃]

① 賣場
rayon (m.)
[rɛjɔ̃]/department

② 顧客
client (m.)
[klijɑ̃]
cliente (f.)
[klijɑ̃:t]/customer

③ 店員
vendeur (m.)
[vɑ̃dœ:r]
vendeuse (f.)
[vɑ̃dø:z]/sales clerk

④ 賣場負責人
chef de rayon (m.)
[ʃɛf də rɛjɔ̃]/department manager

⑤ 價格
prix (m.)
[pri]/price

⑥ 衣架
cintre (m.)
[sɛ̃:tr]/hanger

⑦ 庫存
stock (m.)
[stɔk]/stock

⑧ 尺寸
taille (f.)
[ta:j]/size
「大一點的尺寸」taille
plus grande [ta:j ply
grɑ̃:d]

⑨ 大的
grand
[grɑ̃]
grande
[grɑ̃:d]/large

⑩ 小的
petit
[pəti]
petite
[pətit]/small

⑪ 長的
long
[lɔ̃]
longue
[lɔ̃:g]/long

⑫ 短的
court
[ku:r]
courte
[kurt]/short

⑬「我可以試穿這件嗎？」
Est-ce que je peux l'essayer ?
[ɛskə ʒə pø leseje]

⑭「當然可以！」
Bien sûr !
[bjɛ̃ syr]

在一般肯定句前面
加上Est-ce que，
就變成疑問句。
「可以試穿嗎？」
也可說成Puis-je
l'essayer ?
[pɥiʒə leseje]

⑮試穿
essayage (m.)
[esɛja:ʒ]/try on

⑯試衣間
cabine d'essayage (f.)
[kabin desɛja:ʒ]/fitting room
「試衣間在那裡。」La cabine d'essayage est là-bas. [la kabin desɛja:ʒ ɛ laba]

⑰修改
retouche (f.)
[rətuʃ]/alteration
「可以幫我修改嗎？」Faites-vous les retouches ? [fɛtvu le rətuʃ]
在法國，洋裝是用身體的軀幹來分尺寸。對東方人而言，手腳的長度會稍長，一般來說都要修改一下長度。

⑱「非常適合您呢！」
Ça vous va très bien !
[sa vu va trɛ bjɛ̃]

⑲「我要這一件。」
Bien, je le prends.
[bjɛ̃ ʒə lə prã]

⑳櫃台
caisse (f.)
[kɛs]/cash desk
「請問在哪結帳？」Où est la caisse ?
[u ɛ la kɛs]

㉑櫃台人員、出納員
caissier (m.)
[kɛsje]

caissière (f.)
[kɛsjɛ:r]/cashier

㉒「可以用信用卡付嗎？」
Puis-je payer par carte de crédit ?
[pɥi ʒə pɛje par kart də credi]

★在法國購物，一般都不會特別包裝，如果是送禮用，要告知「請幫我包裝。」Pouvez-vous faire un paquet-cadeau, s'il vous plaît ? [puvevu fɛ:r œ̃ pakɛkato sil vu plɛ]，店員才會幫你包裝。

各式各樣的衣服
Vêtement divers
[vɛtmã divɛ:r]

①衣領
col (m.)
[kɔl]/collar

②衣袖
manche (f.)
[mã:ʃ]/sleeve
「短袖」manche courte
(f.) [mã:ʃ kurt]
「長袖」manche longue
(f.)[mã:ʃ lɔ̃:g]

③下擺
bas (m.)
[bɑ]/bottom

④鈕扣
bouton (m.)
[butɔ̃]/button
「扣鈕扣」boutonner
[butɔne]
bouton也有「粉刺、疹
子」的意思。

⑤衣長
longueur (f.)
[lɔ̃gœ:r]/length
「改短」raccourcir
[rakursir]

⑥拉鍊
fermeture Eclair (f.)
[fɛrməty:r eklɛ:r]/zipper
也可以說zip (m.) [zip]。

⑦男裝
**vêtement pour
homme** (m.)
[vɛtmã pur ɔm]/
menswear

⑧女裝
**vêtement pour
femme** (m.)
[vɛtmã pur fam]/
women's wear

⑨童裝
**vêtement pour
enfant** (m.)
[vɛtmã pur ãfã]/children's
wear

⑩紳士西裝
costume (m.)
[kɔstym]/men's suit

⑪女性套裝
tailleur (m.)
[tajœ:r]/lady's suit

⑫套裝上衣
veste (f.)
[vɛst]/ coat, jacket
男士西裝和女性套裝
都是用同一個字。

⑬便服
tenue de ville (f.)
[təny də vil]/ordinary clothes

⑭晚宴服
tenue de soirée (f.)
[təny də sware]/evening dress

★ 「服裝」vêtements (f. pl.) [vɛtmã]，口語上可說fringues (f. pl.) [frɛ̃:g]。

⑮ 夾克
jaquette (f.)
[ʒakɛt]/jacket

⑯ (男用)襯衫
chemise (f.)
[ʃ(ə)mi:z]/shirt, blouse

⑰ 背心
gilet (m.)
[ʒilɛ]/vest

⑱ T恤
T-shirt (m.)
[tiʃœrt]/T-shirt

⑲ 毛衣
pull-over (m.)
[pylɔvɛ:r]/sweater
略語為pull (m.)。

⑳ 連身洋裝
robe (f.)
[rɔb]/dress

㉑ 長褲
pantalon (m.)
[pɑ̃talɔ̃]/pants

㉒ 裙子
jupe (f.)
[ʒyp]/skirt

㉓ 牛仔褲
jean (m.)
[dʒin]/jeans

㉔ 大衣
manteau (m.)
[mɑ̃to]/coat

㉕ 風衣
trench (m.)
[trɛntʃ]/trench

㉖ 雨衣
imperméable (m.)
[ɛ̃pɛrmeabl]/raincoat

㉗ 皮夾克
blouson de cuir (m.)
[bluzɔ̃ də kɥi:r]/leather jacket

㉘ 浴袍
peignoir (m.)
[pɛɲwa:r]/bathrobe

㉙ 睡衣
pyjama (m.)
[piʒama]/pajamas

㉚ 脫衣服
enlever le vêtement
[ɑ̃l(ə)ve lə vɛtmɑ̃]/to take off someone's clothes
也可以說se déshabiller
[sə dezabije]

㉛ 穿衣服
mettre le vêtement
[mɛtr lə vɛtmɑ̃]/to put on someone's clothes
「打扮、整裝」的說法是
s'habiller [sabije]

★chemise (f.) [ʃ(ə)mi:z]是「男用襯衫」，女用襯衫叫做chemisier (m.) [ʃ(ə)mizje]。

MP3 -39

流行飾品
Accessoires de mode
[akseswa:r də mɔd]

① 領帶
cravate (f.)
[kravat]/necktie

② 蝴蝶領結
nœud papillon (m.)
[nø papijɔ̃]/bow tie

③ 手套
gants (m. pl.)
[gã]/gloves

④ 領巾、圍巾
écharpe (f.)
[eʃarp]/scarf
材質輕盈的領巾或伊斯
蘭教女性的披巾叫做
foulard (m.)[fula:r]。

⑤ 條狀髮夾
barrette (f.)
[ba(r)rɛt]/hairclip

⑥ 小髮夾
épingle à cheveux (f.)
[epɛ̃:gl a ʃ(ə)vø]/hairpin

⑦ 太陽眼鏡
lunettes de soleil (f. pl.)
[lynɛt də sɔlɛj]/sun glasses

⑧ 手帕
mouchoir (m.)
[muʃwa:r]/handkerchief

⑨ 蕾絲、花邊
dentelle (f.)
[dãtɛl]/lace

⑩ 皮帶
ceinture (f.)
[sɛ̃ty:r]/belt
「繫皮帶」serrer la
ceinture [sɛre la sɛ̃ty:r]

⑪ 扣帶
boucle (f.)
[bukl]/buckle

⑫ 襪子
chaussettes (f. pl.)
[ʃosɛt]/socks

⑬ 雨傘
parapluie (m.)
[paraplɥi]/umbrella

★ 「製帽者、帽商」是chapelier (m.)[ʃapəlje] / chapelière (f.) [ʃapəljɛːr]，專門製造女帽的師傅，其職業名稱為modiste (f.) [mɔdist]。

⑭帽子店
chapellerie (f.)
[ʃapɛlri]/hat shop

⑮帽子
chapeau (m.)
[ʃapo]/hat
Chapeau bas！[ʃapo ba]或
Chapeau！[ʃapo]是佩服得
想脫帽致意的意思。

⑯戴帽子
mettre le chapeau
[mɛtr lə ʃapo]/put on the hat

⑰毛線帽、無邊軟帽
bonnet (m.)
[bɔnɛ]/bonnet

⑱毛氈帽
chapeau de feutre (m.)
[ʃapo də føtr]/felt hat

⑲棒球帽
casquette (f.)
[kaskɛt]/cap

⑳貝雷帽(一種扁圓的無沿帽)
béret (m.)
[berɛ]/beret

㉑內衣
sous-vêtement (m.)
[suvɛtmɑ̃]/underwear

㉒女用內衣
lingerie (f.)
[lɛ̃ʒri]/lingerie

㉓胸罩
soutien-gorge (m.)
[sutjɛ̃gɔrʒ]/bra

㉔內褲(女用)
culotte (f.)
[kylɔt]/pants

㉕褲襪
bas (m. pl.)
[bɑ]/panty hose , stockings
也可以說collants (m. pl.)
[kɔlɑ̃]。

㉖無袖上衣
débardeur (m.)
[debardœːr]/tank top

㉗男用短褲
caleçon (m.)
[kalsɔ̃]/underpants

㉘內褲(男用)
slip (m.)
[slip]/briefs

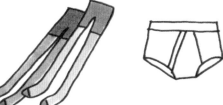

★鄉村婦人穿的短上衣，如caraco (m.)[karako]或camisole (f.) [kamizɔl]等服裝，是過去祖母時代的基本衣服配備。不過，時尚的巴黎人也能將這些衣服穿得很具現代感。

布料的質地、圖案與顏色
Sur les tissus - les matières , les motifs et les couleurs
[syr le tisy] [le matjɛ:r] [le mɔtif e le kulœ:r]

①質地、素材
matière (f.)
[matjɛ:r]/material

②布料
tissu (m.)
[tisy]/fabric

③絲質
soie (f.)
[swa]/silk

④棉
coton (m.)
[kɔtɔ̃]/cotton

⑤麻
lin (m.)
[lɛ̃]/linen

⑥羊毛
laine (f.)
[lɛn]
/wool

⑦毛皮
fourrure (f.)
[fu(r)ry:r]/fur

⑧化學纖維
fibre synthétique (f.)
[fibr sɛ̃tetik]/synthetic fiber

⑨布料的圖案
motifs de tissu (m. pl.)
[mɔtif də tisy]/patterns of fabric

⑩圓點
à pois
[a pwa]/dotted

⑪素面
uni(e)
[yni]/plain

⑫格子
à carreaux
[a karo]/checked
一種白色與其他顏色交織成
的格紋叫vichy (m.)[viʃi]。

⑬條紋
à rayures
[a rejy:r]/striped

⑭花卉
à fleurs
[a flœ:r]/floral pattern

⑮蘇格蘭格子
écossais
[ekɔsɛ]

écossaise
[ekɔsɛ:z]/Scottish
checker

⑯顏色
couleurs (f. pl.)
[kulœ:r]/colors

⑰白色的
blanc
[blã]
blanche
[blã:ʃ]/white

⑱紅色的
rouge
[ru:ʒ]/red

⑲藍色的
bleu(e)
[blø]/blue

⑳綠色的
vert
[vɛ:r]
verte
[vɛrt]/green

㉑黃色的
jaune
[ʒo:n]/yellow

㉒黑色的
noir(e)
[nwa:r]/black

㉓粉紅色的
rose
[ro:z]/pink

㉔橘色的
orange
[ɔrɑ̃:ʒ]/orange

㉕水藍色的
bleu(e) clair(e)
[blø klɛ:r]/light blue

㉖咖啡色的
marron
[ma(r)rɔ̃]/
brown

㉗金色的
doré(e)
[dɔre]/
golden

㉘銀色的
argenté(e)
[arʒɑ̃te]/silver

㉙鮮艷的
voyant
[vwajɑ̃]
voyante
[vwajɑ̃:t]/
showy

㉛明亮的
clair(e)
[klɛ:r]/light

㉝深色的
foncé(e)
[fɔ̃se]/dark,
gloomy

㉚樸素的
discret
[diskrɛ]
discrète
[diskrɛt]/simple

㉜暗的
sombre
[sɔ̃:br]/dark

㉞輕薄的
léger
[leʒe]
légère
[leʒɛ:r]/light

皮革製品、鞋類
Maroquinerie, cordonnerie
[marɔkinri] [kɔrdɔnri]

> 艾瑪士、LV等以皮製品著名的店，雖然也有販售服飾，但有時還是被歸類於「皮件商店」 maroquinerie **(f.)**

①皮包
sac (m.)
[sak]/bag
「鱷魚皮包」 sac en crocodile **(m.)** [sak ã krɔkɔdil]

②旅行箱
valise (f.)
[valiːz]/valise, suitcase

③小手提箱
mallette (f.)
[malɛt]/small valise

④雙肩包
sac à dos (m.)
[sak a do]/backpack

⑤手提包
sac à main (m.)
[sak a mɛ̃]/handbag

⑥側背包
sac à bandoulière (m.)
[sak a bãduljɛːr]/shoulder bag

⑦托特包、肩背包
sac tote (m.)
[sak tɔt]/tote bag

⑧公文包
porte-documents (m.)
[pɔrt(ə)dɔkymã]/document case

⑨ 皮夾、錢包
portefeuille (m.)
[pɔrtəfœj]/wallet

⑩零錢包
porte-monnaie (m.)
[pɔrtmɔnɛ]/purse

⑪名片夾
porte-cartes (m.)
[pɔrt(ə)kart]/card holder

⑫ 鑰匙圈
porte-clefs (m.)
[pɔrtəkle]/key holder

★「修鞋師傅」cordonnier **(m.)** [kɔrdɔnje]cordonnière **(f.)** [kɔrdɔnjɛːr] / cobbler, shoemaker

⑬ 鞋店、修鞋店
cordonnerie (f.)
[kɔrdɔnri]/shoe repair shop

⑭ 高跟鞋
talons hauts (m. pl.)
[talɔ̃ o]/high heels

talon (m.)是「腳跟」，而
haut是「高的」。據說當初法
國貴族，為避免走路時踩到動
物糞便而發明高跟鞋。可從以
前的繪畫中看到男性
也穿著高跟鞋。

⑮ 低跟鞋
talons bas (m. pl.)
[talɔ̃ ba]/low heels

⑯ 包頭淺口有跟女鞋
escarpins (m. pl.)
[ɛskarpɛ̃]/pumps

⑰ 長靴、靴子
bottes (f. pl.)
[bɔt]/boots

法國作家夏爾·佩羅的著名
童話「穿長靴的貓」原名為
le chat botté (f. pl.)
[lə ʃa bɔte]。

⑱ 短靴
bottines (f. pl.)
[bɔtin]/ankle
boots

⑲ 鞋
chaussures (f. pl.)
[ʃosy:r]/shoes

鞋子左右腳是一對，所以用複數形表
達。「一雙鞋」une paire de
chaussures[yn pɛ:r də ʃosy:r]。

⑳ 室內鞋、拖鞋
chaussons (m. pl.)
[ʃosɔ̃]/slippers

㉑ 皮革
cuir (m.)
[kɥi:r]/leather

㉒ 仿麂皮
suède (m.)
[sɥɛd]/suede

㉓ 漆皮
vernis (m.)
[vɛrni]/vernis

㉔ 腳尖
pointe des pieds (f.)
[pwɛ̃:t de pje]/tiptoe

「躡手躡腳的走路」marcher sur la pointe des
pieds [marʃe syr la pwɛ̃:t de pje]

㉕ 鞋帶
lacet (m.)
[lasɛ]/shoelace

㉖ 綁鞋帶
nouer les lacets
[nwe le lasɛ]/to tie
shoelaces

㉗ 鬆開鞋帶
dénouer les lacets
[denwe le lasɛ]/to untie the
laces

㉘ 緊的
serré(e)
[sɛre]/tight

㉙ 鬆的
lâche
[lɑ:ʃ]/
loose

★「尺寸」的說法有很多種，洋裝尺寸叫taille (f.)[ta:j]，鞋子尺寸叫pointure (f.)
[pwɛ̃ty:r]。

金銀首飾、裝飾品
Métaux précieux, parures
[meto presjø]　[pary:r]

①寶石、銀樓
bijouterie (f.)
[biʒutri]/jeweler's shop

②寶石首飾
bijou (m.)
[biʒu]/jewelry
複數形是bijoux，發音相同。

③鑽石
diamant (m.)
[djamɑ̃]/diamond

④紅寶石
rubis (m.)
[rybi]/ruby
法國人常用紅寶石來形容熟成葡萄酒的紅色。

⑤綠寶石
émeraude (f.)
[ɛmro:d]/emerald

⑥藍寶石
saphir (m.)
[safi:r]/sapphire

⑦珍珠
perle (f.)
[pɛrl]/pearl
c'est une perle [sɛ yn pɛrl]是指「如珍珠般完美無瑕的人或物」。

⑧金
or (m.)
[ɔ:r]/gold

⑨銀
argent (m.)
[arʒɑ̃]/silver

⑩白金
platine (m.)
[platin]/platinum

● 凡登廣場～法國著名的高級珠寶廣場

　　從杜樂麗公園到巴黎歌劇院途中的「凡登廣場」(Place Vendôme [plas vɑ̃do:m])，除了法國人開設的店舖之外，還有歐洲的王家貴族或財團所建造的建築物、以及多家高級珠寶商(手錶商)。1893年「伯竇」(Boucheron)來此設立店舖之後，「卡地亞」(Cartier)、「夏慕」(Chaumet)、「寶格麗」(Bulgarie)等公司也紛紛來此地設立專賣店。接著「勞力士」(Rolex) 和「伯爵」(Piaget)等高級鐘錶店也加入陣容。對這些商店而言，能在此廣場設立店舖，等於是一種地位的表徵。

　　廣場中央佇立著高聳的「凡登塔」，這個塔是由1805年在「奧斯特立茲戰役」中從德軍與奧軍擄獲的大砲等武器熔鑄而成的。頂端聳立的人像，是穿著凱撒大帝裝扮的拿破崙一世。此外，圍繞著廣場的建築物整體是屬於法國的國家古蹟。

★「珠寶商」bijoutier (m.) [biʒutje] bijoutière (f.) [biʒutjɛ:r] 若光指「寶石」一詞，是用pierre précieuse (f.) [pjɛ:r presjø:z]。

⑪飾品
accessoire (m.)
[aksɛswa:r]/accessory

⑫眼鏡
lunettes (f. pl.)
[lynɛt]/glasses

⑬耳環
boucles d'oreilles (f. pl.)
[bukl dɔrɛj]/earrings

⑭項鍊墜飾
pendentif (m.)
[pɑ̃dɑ̃tif]/pendant

⑮項鍊
collier (m.)
[kɔlje]/necklace

⑯手鐲、手鍊
bracelet (m.)
[braslɛ]/bracelet

⑰別針、胸針
broche (f.)
[brɔʃ]/brooch

⑱手錶
montre (f.)
[mɔ̃:tr]/watch
「手錶店」horlogerie (f.)
[ɔrlɔʒri]

⑲戒指
bague (f.)
[bag]/ring
上面有裝飾的戒指

anneau (m.)
[ano]/ring
沒有裝飾的環狀戒指

⑳結婚戒指
alliance (f.)
[aljɑ̃:s]/wedding ring

㉑袖扣
bouton de manchette (m. pl.)
[butɔ̃ də mɑ̃ʃɛt]/cuff-links

㉒領帶夾
épingle à cravate (f.)
[epɛ̃:gl a kravat]/tie clip

在香水、化粧品店
Au magasin de parfumerie, cosmétique
[o magazɛ̃ də parfymri kɔsmetik]

①香精
parfum (m.)
[parfœ̃]/perfume

②古龍水
eau de Cologne (f.)
[o də kɔlɔɲ]/cologne

直譯是「科隆的水」。18世紀，由德國科隆的義大利調香師所製，在歐洲極受歡迎，成香水代名詞。eau de Cologne比eau de toilette更淡薄，適合喜愛保守香氣的人。

③淡香水
eau de toilette (f.)
[o də twalɛt]/eau de toilette

香精含量比eau de parfum低，香味也沒那麼濃郁及持久，適合喜愛淡雅香氣的人，工作或一般場合都適用。

④香水
eau de parfum (f.)
[o də parfœ̃]/eau de parfum

香精成分較濃、香味較強、持久。適合派對或晚宴，價格較高。要注意到餐廳用餐時，若擦太濃郁的香水，可能因此品嚐不出食物本身的味道，甚至會影響到旁人的用餐情緒。

⑤化粧品
produit cosmétique (m.)
[prɔdɥi kɔsmetik]/cosmetics

⑥化妝
maquillage (m.)
[makija:ʒ]/make-up

⑦品牌
marque (f.)
[mark]/brand

⑧粉底
fond de teint (m.)
[fɔ̃ də tɛ̃]/foundation cream

⑨口紅
rouge à lèvres (m.)
[ru:ʒ a lɛ:vr]/lipstick

⑩眼影
ombre à paupières (f.)
[ɔ̃:br a popjɛ:r]/eye shadow

⑪睫毛膏
mascara (m.)
[maskara]/mascara

⑫腮紅
rouge à joues (m.)
[ru:ʒ a ʒu]/blush

也可以用英文的blush (m.) [blʌʃ]這個字。

⑬粉撲
houppette (f.)
[upɛt]/powder puff

⑭唇筆
pinceau pour les lèvres (m.)
[pɛ̃so pur le lɛ:vr]/lip pencil

⑮腮紅刷
pinceau pour le teint (m.)
[pɛ̃so pur lə tɛ̃]/blush brush

⑯卸妝乳
démaquillant (m.)
[demakijã]/make-up remover
眼部周圍專用的卸妝乳叫
démaquillant à paupières (m.)
[demakijã a popjɛ:r]。

⑰面膜
masque (m.)
[mask]/face mask
「日霜」crème de jour (f.)
[krɛm də ʒu:r]
「晚霜」crème de nuit (f.)
[krɛm də nɥi]

⑱護唇膏
baume pour les lèvres (m.)
[bo:m pur le lɛ:vr]/lip balm

⑲化粧水
lotion (f.)
[losjɔ̃]/lotion

⑳敏感肌膚
peau sensible (f.)
[po sãsibl]/sensitive skin

㉑抗老
anti-âge
[ãtiɑ:ʒ]/anti-ageing

㉒天然素材
produit d'origine naturelle
[prɔdɥi dɔriʒin natyrɛl]/natural product

㉓香味濃郁的
sentir fort
[sãti:r fɔ:r]/strong

㉔無香料的
sans parfum
[sã parfœ̃]/fragrance free

㉕膠原蛋白
collagène (m.)
[kɔlaʒɛn]/collagen

㉖有機
bio
[bjɔ]/organic
bio是「生物學」bilologique
[bjɔlɔʒik]的省略。

㉗試用品
testeur (m.)
[tɛstœ:r]/tester
「我可以試一下嗎？」是Est-
ce qu'on peut l'essayer？
[ɛskɔ̃ pø leseje]，或者簡單問
Peut-on l'essayer？[pøtɔ̃
leseje]也行。

★法國人的卸妝術可說是超簡單，用「卸妝乳」lait démaquillant[lɛ demakijã] (m.)擦拭全臉後，
再用化妝水輕拍就OK了，因為法國人認為過度洗臉是不好的。

買書去
Aller acheter des livres
[ale aʃte de li:vr]

①書店
librairie (f.)
[librɛri]/bookstore

②書名
titre (m.)
[titr]/title

③作者
auteur (m.)
[otœ:r]/author

④類別
genre (m.)
[ʒã:r]/genre, kind
「您要找哪類的書呢？」Quel genre de livre cherchez vous ?[kɛl ʒã:r də li:vr ʃerʃe vu]

⑤文學
littérature (f.)
[literaty:r]/literature

⑥小說
roman (m.)
[rɔmã]/novel

⑦散文、論文
essai (m.)
[esɛ]/essay

⑧時尚
mode (f.)
[mɔd]/fashion

⑨音樂
musique (f.)
[myzik]/music

⑩美術
beaux-arts (m. pl.)
[boza:r]/fine arts
「美術書」livre d'art (m.) [li:vr da:r]

⑪漫畫
bande dessinée (f.)
[bã:d desine]/comics
日式漫畫叫manga (m.) [mãga]。

⑫繪本
livre illustré (m.)
[li:vr i(l)lystre]/illustrated book

⑬實用書、工具書
livre pratique (m.)
[li:vr pratik]/practical book, reference book
例如「烹飪書」就叫做livre de cuisine (m.)[li:vr də kɥizin]

⑭文庫書、口袋書
livre de poche (m.)
[li:vr də pɔʃ]/pocket book
poche (f.) 是「口袋」的意思。

⑮封面
couverture (f.)
[kuvɛrty:r]/cover

⑯頁
page (f.)
[pa:ʒ]/page

⑰書籤
signet (m.)
[siɲɛ]/bookmark

★「出版社」、「發行者」是Editeur (n.)[editœ:r]，若與陰性名詞併用時則變成éditrice [editris]，例如 société éditrice [sɔsjete editris]「發行公司」。

102

⑱舊書市集
bouquiniste(n.)
[bukinist]/secon-hand bookseller

⑲古書 (具古董價值的書)
livre ancien (m.)
[li:vr ɑ̃sjɛ̃]/antique book

⑳二手書
livre d'occasion (m.)
[li:vr dɔkazjɔ̃]/second-hand book

㉑舊畫(素描)
dessin ancien (m.)
[desɛ̃ ɑ̃sjɛ̃]/old drawing

原本指的是販售「舊書」bouquin (m.)[boukɛ̃]（口語上也有書的意思）的商人，現在塞納河沿岸擺攤的舊書商已成為巴黎著名的景觀。

㉒版畫
estampe (f.)
[ɛstɑ̃:p]/block
print, engraving

這是指彩色的木版畫。含蝕刻的雕刻畫叫做gravure (f.) [gravy:r]。「浮世繪」的說法是estampe japonaise (f.) [ɛstɑ̃:p ʒapɔnɛ:z]，在法國有相當高的評價。

㉓舊明信片
carte postale ancienne (f.)
[kart pɔstal ɑ̃sjɛn]/old postcard

㉔海報
affiche (f.)
[afiʃ]/poster

㉕地圖
plan (m.)
[plɑ̃]/map

㉖收藏家
collectionneur (m.)
[kɔlɛksjɔnœ:r]

collectionneuse (f.)
[kɔlɛksjɔnø:z]/collector

MP3 -45

買花
Acheter des fleurs
[aʃte de flœːr]

① 花店
fleuriste (n.)
[flœrist]/flower shop

② 蘭花
orchidée (f.)
[ɔrkide]/orchid

③ 水仙花
narcisse (m.)
[narsis]/narcissus

④ 玫瑰花
rose (f.)
[roːz]/rose

⑤ 三色堇
pensée (f.)
[pɑ̃se]/pansy

⑥ 勿忘草
myosotis (m.)
[mjozɔtis]/forget-me-not

⑦ 滿天星
gypsophile (f.)
[ʒipsɔfil]/gypsophila

⑧ 冬青樹
houx (m.)
[u]/holly

⑨ 繡球花
hortensia (m.)
[ɔrtɑ̃sja]/hydrangea

⑩ 聖誕紅
poinsettia (m.)
[pwɛ̃setja]/poinsettia

⑪ 牡丹花
pivoine (f.)
[pivwan]/peony

⑫ 番紅花
crocus (m.)
[krɔkys]/crocus

⑬ 金盞花
souci (m.)
[susi]/marigold

⑭ 菊花
chrysanthème (m.)
[krizɑ̃tɛm]/chrysanthemum
菊花是11月1日「萬靈節」必備之花。

⑮ 鈴蘭
muguet (m.)
[mygɛ]/lily of the valley
在法國，五一勞動節這一天，大家會互贈傳遞幸運的鈴蘭花，每年到了這一天。總可以在街頭巷尾看到大人或想賺取零用錢的小孩在販售鈴蘭花。

⑯ 罌粟花
coquelicot (m.)
[kɔkliko]/poppy

104 ★「請給我一盆蘭花。」是Une orchidée en pot, sil vous plaît.[yn ɔrkide ɑ̃ po sil vu plɛ]

⑰花束
bouquet (m.)
[bukε]/bouquet

「玫瑰花束」bouquet de roses (m.)[bukε də ro:z]

⑱花環
couronne (f.)
[kurɔn]/garland

⑲乾燥花
fleur séchée (f.)
[flœ:r seʃe]/dried flower

⑳花瓶
vase (m.)
[vɑ:z]/vase

㉑花盆
pot (m.)
[po]/pot
pot 在口語中也可以當做「一杯酒」的意思。「去喝一杯吧！」是On fait un pot ?[ɔ̃ fε œ̃ po]

㉒植物
plante
(f.)
[plɑ̃:t]/plant

㉓花
fleur (f.)
[flœ:r]/flower
「摘花」cueillir les fleurs。
[kœji:r le flœ:r]

㉔葉
feuille (f.)
[fœj]/leaf

㉕果實
fruit (m.)
[frɥi]/fruit

㉖樹幹
tronc (m.)
[trɔ̃]/trunk

㉗根部
racine (f.)
[rasin]/root

㉘澆水
arroser
[a(r)roze]/water

105

逛巴黎服飾店

去boutique？還是magasin？

boutique (f.) 和magasin (m.) 指的都是店舖，不過在意思上卻有微妙的不同。

例如香奈兒或LV等著名品牌的精品直營店就不叫magasin、而是叫boutique。boutique除了販售商品之外，還會比其他商店更早推出專業師傅所製作的限量商品，而消息靈通的客群知道了就會前來購買。另一方面，magasin所販售的商品則是較一般性也較多樣化，顧客層廣而商品數量多。因此某一些客群，比較偏好到直營的boutique，而非到「百貨商店」grand magasin來購物。

然而，到boutique購物真的是比較明智的決定嗎？曾經有一位友人從日本到法國來，表明太太交待要買某名牌的法國製限量版皮包，於是我立即幫他打了電話到boutique詢問是否有貨，所得到的答案是「因為是前一季的產品，所以在直營店已經沒有販售了。」，因此我只好打到「百貨店」magasin去詢問，沒想到這裡果真還有貨品！而且商品還打了對折！我這位朋友很滿意地買了禮物回去送太太，不過打對折的事倒沒和老婆大人報告……

6

渡假

Les vacances

[le vakɑ̃:s]

　　在法國，學生除了暑假之外，春天有復活節，秋天有萬靈節，到了年末是聖誕節，接著2月還有俗稱的「滑雪假期」，學校的休假這麼多，要一一規劃假期的確不容易。家長們為了「服務」家族成員，幾乎是渡完假後緊接著又規劃下一次的假期，經常聽說「法國人從年頭到年尾，都在討論渡假的事！」，這句話果真不假呢！

渡假去！
Partir en vacances
[parti:r ɑ̃ vakɑ̃:s]

① 觀光勝地
site touristique (m.)
[sit turistik]/tourist spot
「聯合國教科文組織世界文化遺產」 patrimoine mondial de l'UNESCO (m.)
[patrimwan də lynɛsko]

② 旅行社
agence de voyage (f.)
[aʒɑ̃:s də vwaja:ʒ]/travel agency

③ 住宿
hébergement (m.)
[ebɛrʒəmɑ̃]/accommodation

④ 團體旅遊
voyage en groupe (m.)
[vwaja:ʒ ɑ̃ grup]/group travel

⑤ 汽車
automobile (f.)
[ɔtɔmɔbil]/car
「駕駛的人」 叫做 automobiliste (n.)
[ɔtɔmɔbilist]。

⑥ 出租車
voiture de location (f.)
[vwaty:r də lɔkasjɔ̃]/rental car

⑦ 租車
louer une voiture
[lwe yn vwaty:r]/rent a car
「車子」 是 voiture (f.)
[vwaty:r] 或 véhicule (m.)
[veikyl]。

⑧ 加油站
station-service (f.)
[stasjɔ̃sɛrvis]/gas station
「汽油」 essence (f.)
[esɑ̃:s]

⑨ 駕照
permis de conduire (m.)
[pɛrmi də kɔ̃dɥi:r]/driver licence

⑩ 開車
conduire une voiture
[kɔ̃dɥi:r yn vwaty:r]/drive

★ 「學童的團體休假旅行」是colonie de vacances (f.)[kɔlɔni də vakɑ̃:s]，準備步入職場的學生也會利用假期參加「外語研討會」或「職業講座」。

⑪機場
aéroport (m.)
[aeropɔːr]/airport

⑫飛機
avion (m.)
[avjɔ̃]/airplane
「登機」embarquement
(m.) [ãbarkəmã]

⑮客艙服務人員
hôtesse de l'air (f.)
[otɛs də lɛːr]/stewardess

steward (m.)
[stjuward] /steward

⑯飛行員
pilote (m.)
[pilɔt]/pilot

⑬起飛
décollage (m.)
[dekɔlaːʒ]/take off

⑭降落
atterrissage (m.)
[atɛ(r)risaːʒ]/landing

⑰大廳
hall (m.)
[oːl]/hall

⑱航站大廈
terminal (m.)
[tɛrminal]/terminal
「等待室」是salle
d'attente (f.)。
[sal datã:t]

⑲登機門
porte (f.)
[pɔrt]/gate

⑳海關
douane (f.)
[dwan]/customs

㉑櫃台
comptoir (m.)
[kɔ̃twaːr]/counter

㉒手提行李
bagage à main (m.)
[bagaːʒ a mɛ̃]/carry-on
luggage

㉓護照
passseport (m.)
[paspɔːr]/passport

㉔登機手續
enregistrement (m.)
[ãr(ə)ʒistrəmã]/check-in

㉕免稅店
magasin détaxe (m.)
[magazɛ̃ detaks]/duty free shop

boutique détaxe (f.)
[butik detaks]/duty free shop

㉖時差
décalage horaire (m.)
[dekalaːʒ ɔrɛːr]/jet lag

★到了暑假，法國各地會舉辦許多慶典，例如亞維農市的戲劇節、尼姆市的歌劇節、拉尼永的凱爾
特人文化節慶，這些慶典被稱為「夏之慶典」festival d'été (m.)[fɛstival dete]，每年都吸引許多
渡假客前來探訪。

海邊的渡假勝地
Station balnéaire
[stasjɔ̃ balneɛ:r]

① 渡假勝地
lieu de vacances (m.)
[ljø də vakã:s]/resort

② 海邊渡假
vacances à la mer (f. pl.)
[vakã:s a la mɛ:r]/beach holiday

③ 渡假客
vacancier (m.)
[vakãsje]

vacancière (f.)
[vakãsjɛ:r]/vacationist

④ 飯店
hôtel (m.)
[otɛl]/hotel

「民宿」chambre d'hôte
(f.) [ʃã:br do:t]

⑤ 游泳池
piscine (f.)
[pisin]/poo

⑥ 海洋
mer (f.)
[mɛ:r]/sea

「在海邊」au bord de la
mer [o bo də la mɛ:r]

⑦ 海灘、沙灘
plage (f.)
[pla:ʒ]/beach

「在海灘」à la plage
[a la pla:ʒ]

⑧ 沙子
sable (m.)
[sabl]/sand

⑨ 海浪
vague (f.)
[vag]/wave

⑩ 港口
port (m.)
[pɔ:r]/port

⑪ 海鷗
mouette (f.)
[mwɛt]/seagull

⑫ 燈塔
phare (m.)
[fa:r]/lighthouse

⑬ 遊艇
yacht (m.)
[jɔt]/yacht

⑭ 島嶼
île (f.)
[il]/island

⑮ 海豚
dauphin (m.)
[dofɛ̃]/dolphin

⑯遮陽傘
parasol (m.)
[parasɔl]/parasol,
sun umbrella

⑰帆布躺椅
chaise-longue (f.)
[ʃɛːzlɔ̃g]/deckchair
「折疊式帆布躺椅」**transat**
(m.) [trɑ̃zat]

⑱舖墊、地毯
tapis (m.)
[tapi]/mat, carpet

⑲草帽
chapeau de paille (m.)
[ʃapo də paːj]/straw hat

⑳涼鞋、夾腳拖鞋
sandales (f. pl.)
[sɑ̃dal]/sandals

㉑泳衣
maillot de bain (m.)
[majo də bɛ̃]/swimsuit

㉒游泳圈
bouée (f.)
[bwe]/float ring, buoy

㉓游泳
natation (f.)
[natasjɔ̃]/swimming
「游泳」的動詞是
nager [naʒe]。

㉔衝浪
surf (m.)
[sœrf]/surfing

㉕風帆衝浪
planche à voile (f.)
[plɑ̃ʃ a vwal]/windsurfing

㉖潛水
plongée sous-marine (f.)
[plɔ̃ʒe sumarin]/scuba diving

到山上渡假
Vacances à la montagne
[vakã:s a la mõtaɲ]

①山

montagne (f.)

[mõtaɲ]/mountain

名詞「～山」時用的是mont (m.) [mõ]這個字。例如「富士山」是le mont Fuji [lə mõ fuʒi]，著名的「白朗峰」就叫做Mont Blanc [mõ blã]。

②山頂

sommet (m.)

[sɔ(m)mɛ]/peak, summit

③展望台

plate-forme d'observation (f.)

[platfɔrm dɔpsɛrvasjõ]/platform observation

④風景

paysage (m.)

[peiza:ʒ]/landscape

⑤氣候

conditions climatiques (f. pl.)

[kõdisjõ klimatik]/weather

「不穩定的氣候」叫做temps instable (m.) [tã ɛ̃stabl]。

⑥好天氣

beau temps (m.)

[bo tã]/nice weather

也可以說temps ensoleillé (m.)。[tã ãsɔleje]

⑦多雲的天氣

temps nuageux (m.)

[tã nɥaʒø]/cloudy weather

也可以說temps couvert (m.) [tã kuvɛ:r]。

⑧雨

pluie (f.)

[plɥi]/rain

⑨風

vent (m.)

[vã]/wind

「狂風」bourrasque (f.) [bu(r)rask]

⑩雪

neige (f.)

[nɛ:ʒ]/snow

「暴風雪」tempête de neige (f.) [tãpɛt nɛ:ʒ]，「雪崩」avalanche (f.) [avalã:ʃ]

⑪雷電、閃電

foudre (f.)

[fudr]/lightning

「被閃電打到」叫coup de fondre (m.) [kup də fudr]，也可當做「一見鐘情」的意思。

⑫滑雪場
station de ski (f.)
[stasjɔ̃ də ski]/ski resort

⑬滑雪
skis (m. pl.)
[ski]/ski

⑭空中纜車
téléphérique (m.)
[teleferik]/cablecar

⑮滑雪索車
télésiège (m.)
[telesjɛːʒ]/chair lift

⑯滑雪道
piste (f.)
[pist]/ski track

⑰鄉村
campagne (f. pl.)
[kɑ̃paɲ]/countryside

⑱農村
village agricole (m.)
[vilaːʒ agrikɔl]/farming village

⑲農家、農民
fermier (m.)
[fɛrmje]

fermière (f.)
[fɛrmjɛːr]/farmer

⑳農場
ferme (f.)
[fɛrm]/farm

㉑寧靜的
paisible
[pɛzibl]/calm, peaceful

㉒農田
champs (m. pl.)
[ʃɑ̃]/field

㉓葡萄樹、葡萄園
vigne (f.)
[viɲ]/grapevine, vineyard

㉔草原
prairie (f.)
[prɛri]/
meadow

㉕牛群
troupeau de vaches (m.)
[trupo də vaʃ]/herd

㉖牧羊人
berger (m.)
[bɛrʒe]

bergère (f.)
[bɛrʒɛːr]/shepherd

★法國是個糧食自給率超過100%的農業大國。只要出了城市，馬上就能看到靜謐的農田及農場，有時還能見到中世紀的古堡。浪漫的田園風景也是法國的一大魅力。

徒步旅行
Allez en randonnée
[ale ã rãdɔne]

① 大自然
nature (f.)
[naty:r]/nature

② 森林
forêt (f.)
[fɔrɛ]/forest

③ 樹木
arbres (m. pl.)
[arbr]/tree

④ 山丘
colline (f.)
[kɔlin]/hill

⑤ 山谷
vallée (f.)
[vale]/valley

⑥ 星座
constellation (f.)
[kɔ̃stɛ(l)lasjɔ̃]/constellation

⑦ 星星
étoile (f.)
[etwal]/star

⑧ 月亮
lune (f.)
[lyn]/moon

⑨ 露營地
terrain de camping (m.)
[tɛ(r)rɛ̃ də kãpiŋ]/campground

⑩ 露營
camp (m.)
[kã]/camping
「紮營」**camper**
[kãpe]

⑪ 帳篷
tente (f.)
[tã:t]/tent

⑫ 野外烤肉
barbecue (m.)
[barbəkju]/barbecue

夏天山上氣候乾燥，若在山上或森林裡用火，務必要特別小心處理火苗。法國每年夏天的山林大火，都對大自然造成不少的損害。

⑬ 睡袋
sac de couchage (m.)
[sak də kuʃa:ʒ]/sleeping bag

★完全未經人工開發的自然野生荒地叫 nature sauvage (f.) [naty:r sova:ʒ]。

⑭蜜蜂
abeille (f.)
[abɛj]/bee
在山林間散步有不少人遭遇
「黃蜂」guêpe (f.) [gɛp]
襲擊，請務必小心。

⑮瓢蟲
coccinelle (f.)
[kɔksinɛl]/ladybug

⑯螞蟻
fourmi (f.)
[furmi]/ant

⑰蝴蝶
papillon (m.)
[papijɔ̃]/butterfly

⑱蜻蜓
libellule (f.)
[libɛ(l)lyl]/dragonfly

⑲蚊子
moustique (m.)
[mustik]/mosquito
「蚊帳」moustiquaire
(f.) [mustikɛ:r]

⑳蒼蠅
mouche (f.)
[muʃ]/fly

㉑鹿
cerf (m.)
[sɛ:r]/stag
biche (f.)
[biʃ]/doe

㉓狼
loup (m.)
[lu]/wolf
louve (f.)
[lu:v]/female wolf

庇里牛斯山有一部分是狼
與熊的保護區，如果到這
附近登山請特別注意！

㉕蝙蝠
chauve-souris (f.)
[ʃovsuri]/bat
直譯是「沒有毛的老
鼠」……。

㉒熊
ours (m.)
[urs]/bear
ourse (f.)
[urs]/bear

㉔狐狸
renard (m.)
[rəna:r]/fox

㉖蛇
serpent (m.)
[sɛrpɑ̃]/snake, serpent

㉗野豬
sanglier (m.)
[sɑ̃glije]/(wild) boar

★「昆蟲」insecte (m.) [ɛ̃sɛkt]「野生動物」animal sauvage (m.)。[animal sova:ʒ]

在巴黎渡假
Vacances à Paris
[vakɑ̃:s a pari]

① 巴黎海灘
Paris Plages (m. pl.)
[pari pla:ʒ]
到了夏天，法國人會在塞納河畔鋪上細沙做成沙灘，這段期間都有車輛管制，讓市民在都市裡也能悠閒地享受海邊渡假的樂趣。

② 公園
parc (m.)
[park]/park

巴黎有許多叫做 jardins publics (m. pl.) [ʒardɛ̃ pyblik]的大型公園，供市民休憩。

③ 草地
pelouse (f.)
[pəlu:z]/lawn

若公園裡有"pelouse interdite" (f.) [pəlu:z ɛ̃tɛrdit]的立牌，是表示「不可踐踏草坪」的意思。

④ 噴水池
jet d'eau (m.)
[ʒɛ do]/fountain

⑤ 散步、閒逛
promenade (f.)
[prɔmnad]/stroll, walk

⑥ 日光浴
bain de soleil (m.)
[bɛ̃ də sɔlɛj]/sunbath

⑦ 午睡
sieste (f.)
[sjɛst]/nap

⑧ 閱讀
lecture (f.)
[lɛkty:r]/reading

⑨ 慢跑
jogging (m.)
[(d)ʒɔgiŋ]/

⑩ 法式滾球
pétanque (f.)
[petɑ̃k]/boules
在沙地上用金屬製的球投擲滾動的一種遊戲，是南法人非常喜愛的一種運動。

⑪ 輕鬆的
se détendre
[sə detɑ̃:dr]/relax

⑫ 沙地
tas de sable (m.)
[tɑ də sabl]/sandbox

⑬ 溜滑梯
toboggan (m.)
[tɔbɔgɑ̃]/slide

⑭ 盪鞦韆
balançoire (f.)
[balɑ̃swa:r]/swing

⑮ 水池
bassin (m.)
[basɛ̃]/basin
像沼澤那麼大的水池，就叫做 étang (m.) [etɑ̃]。

★「巴黎夏日藝術節」Paris Quartier d'été (m.) [pari kartje dete]
利用巴黎市裡的公園或文化設施，舉辦舞蹈、演唱會或戲劇表演等各式各樣的活動。

⑯ 鳥
oiseaux (m. pl.)
[wazo]/birds

⑰ 麻雀
moineau (m.)
[mwano]/sparrow

⑱ 烏鴉
corbeau (m.)
[kɔrbo]/crow

⑲ 鴿子
pigeon (m.)
[piʒɔ̃]/pigeon

⑳ 燕子
hirondelle (f.)
[irɔ̃dɛl]/swallow
有句俚語「只看到一隻燕子，並不代表春天已來了。」（Une hirondelle ne fait pas le printemps [yn irɔ̃dɛl nə fɛt pa lə prɛ̃tɑ̃]），意思是「勿以偏概全」。

㉑ 天鵝
cygne (m.)
[siɲ]/swan
冬天的公園池塘裡，除了候鳥之外，有時也會有天鵝到訪呢！

㉒ 鸛鳥
cigogne (f.)
[sigɔɲ]/stork
到了冬天，鸛鳥會飛到房屋的煙囪上築巢，民間傳說此種鳥會降臨好運（帶來嬰兒），因此法國人也很保護它們。

★很多法國人喜歡做些簡易木工，這些「業餘木匠」bricolage (m.) [brikɔlaːʒ]常利用長假在家做修繕工作，有些甚至會自己蓋房子呢！過去以男性為主流，近來也有愈來愈多女性對此感興趣。

好酷的巴黎假期！

　　到了暑假，每個人都想去旅遊。然而，也有某些沒有小孩的伴侶或是單身的巴黎人，認為待在巴黎才是最棒的選擇！這個時期，由於旅客眾多，巴黎市為了歡迎暑假期間來此地遊玩的觀光客，會舉辦各式各樣的活動，例如塞納河畔會變身為人工沙灘，還有許多戶外活動以及夏天獨有的慶典。在巴黎，夏天是個充滿藝術文化氛圍的季節！甚至有人認為「高傲的巴黎人都渡假去了，所以巴黎的夏天是最棒的！」不過，要特別注意的是，在渡假旺季，許多著名的餐館也會休長假，他們就在店外不經意地放置手寫的「休至8月底」的看板，這種愜意的生活模式，對於其他國家平日忙碌的上班族而言，真是除了羨慕還是羨慕啊！

　　在這個渡假旺季，還必須特別注意的，就是巴黎許多手法精明的小偷！曾經發生有小偷趁人出外渡假時闖入公寓，手法是佯裝成搬家業者，大大方方地利用大型卡車或機具將公寓內的所有物品全部搬空。因此，為了預防假期結束後面對空屋的驚嚇，最好在休長假前，聯絡附近警員或管理員，並確實擬好「防盜對策」antivol [ɑ̃tivɔl]，避免淪為竊盜案的受害者。

7

享受藝文休閒活動

La vie culturelle

[la vi kyltyrɛl]

　　也許有人認為藝文活動是有錢人的特權，但在法國，藝文活動卻是屬於普羅大眾的。為了讓更多人能接觸藝術及文化，巴黎的美術館舉辦「美術館之夜」，開放夜間參觀，也舉行「音樂之日」，人人都能報名參加，甚至每年開放一次包含國會在內的重要文化建築物供民眾參觀，各式各樣的藝文活動正從法國蔓延至全世界。

嗜好與娛樂
Passe-temps et divertissements
[pastã e divɛrtismã]

① 畫、描繪
peindre
[pɛ̃:dr]/paint
用鉛筆以線條為主體的素描
叫做dessiner[desine]。

② 畫
tableau (m.)
[tablo]/picture
指「繪畫作品」。
油畫、水彩畫等用「塗」的方
式作畫叫做peinture (f.)
[pɛ̃ty:r]，原本是「塗上顏
料」的意思，「塗油漆」也是
用這個字。

③ 顏料
couleur (f.)
[kulœ:r]/paint

④ 畫筆
pinceau (m.)
[pɛ̃so]/paintbrush

⑤ 畫架
chevalet (m.)
[ʃ(ə)valɛ]/easel

⑥ 畫布
toile (f.)
[twal]/canvas

⑦ 照片
photo (f.)
[fɔto]/photo

「照○○的相片」 prendre une
photo de～[prãdr yn fɔto d(ə)]
「黑白相片」photo en noir et
blanc (f.) [fɔto ã nwa:r e blã]

⑧ 照相機
appareil photo (m.)
[aparɛj fɔto]/camera

⑨ 快門
déclencheur (m.)
[deklãʃœ:r]/shutter

⑩ 鏡頭
objectif (m.)
[ɔbʒɛktif]/lens

⑪ 變焦鏡頭
zoom (m.)
[zum]/zoom lens

★「嗜好」也可以用英文的hobby (m.) [ɔbi]這個字。

⑫遊戲
jeu (m.)
[ʒø]/game

⑬西洋棋
échecs (m. pl.)
[eʃɛk]/chess
「下西洋棋」jouer
aux échecs [ʒwe o
eʃɛk]

⑭棋盤
échiquier (m.)
[eʃikje]/chessboard

⑮棋子
pion (m.)
[pjɔ̃]/pawn

⑯將軍！
échec et mat
[eʃɛk e mat]/
checkmate
在對手即將輸棋前所
下的最後一步，必須
喊出「將軍！」，遊
戲以外的場合也可以
用。

⑰撲克牌
cartes (f. pl.)
[kart]/cards
「打撲克牌」叫做
jouer aux
cartes [ʒwe o
kart]

⑱電玩
jeu vidéo (m.)
[ʒø video]/video game

⑲電玩軟體
logiciel de jeu (m.)
[lɔʒisjɛl də ʒø]/game
software

⑳日本文化
culture japonaise (f.)
[kylty:r ʒapɔnɛ:z]/Japanese culture
熱愛日本文化的法國人確實有愈來
愈多的趨勢。年紀較大的人喜愛日
本傳統文化，而年輕人崇尚的大多
是日本的漫畫、卡通等流行文化。

㉑日本主義
japonisme (m.)
[ʒapɔnism]/
對日本藝術的愛好；受到日
本影響的西方美術活動。

㉒茶道
cérémonie du thé (f.)
[seremɔni dy te]/tea ceremony

㉓書道
calligraphie (f.)
[ka(l)ligrafi]/calligraphy

㉔花道(日本插花藝術)
art floral (m.)
[ar flɔral]/ikebana , flower arrangement
用日語Ikebana(m.) [ikebana]也可以。

㉕飲食文化
culture culinaire (f.)
[kylty:r kylinɛ:r]/culinary culture

各種運動
Divers sports
[divɛ:r spɔ:r]

① 運動
sport (m.)
[spɔːr]/sport

② 騎自行車
cyclisme (m.)
[siklism]/cycling

③ 西洋劍
escrime (f.)
[ɛskrim]/fencing

④ 柔道
judo (m.)
[ʒydo]/judo
柔道的人氣排名僅次
於足球、網球，在法
國可說是第三受歡迎
的運動。

⑤ 高爾夫球
golf (m.)
[gɔlf]/golf
「高爾夫球場」terrain de
golf (m.)。[tɛ(r)rɛ̃ də gɔlf]

⑥ 田徑運動
athlétisme (m.)
[atletism]/athletics
「田徑選手」athlète (n.)
[atlɛt]
「馬拉松」marathon (m.)
[maratɔ̃]

⑦ 騎馬
équitation (f.)
[ekitasjɔ̃]/riding

⑧ 冰上曲棍球
hockey sur glace (m.)
[ɔkɛ syr glas]/ice hockey

⑨ 溜冰
patinage (m.)
[patina:ʒ]/skating
「花式溜冰」patinage artistique
(m.) [patina:ʒ artistik]

⑩ 世界盃田徑賽
**Coupe du monde des nations
d'athlètisme** (f.)
[kup dy mɔ̃d de nasjɔ̃ datletism]/World Cup of
Nations Athletics

⑪ 奧林匹克運動賽
Jeux Olympiques (m. pl.)
[ʒø ɔlɛ̃pik]/Olympics
簡稱J.O.。

⑫ 世界盃足球賽
Coupe du monde de football (f.)
[kup dy mɔ̃d də futbo:l]/World Cup Scoccer

⑬ 環法單車賽
Tour de France
[tur də frɑ̃s]
maillot jaune (m.)
[majo ʒo:n] 直譯為「黃
色運動衣」，是「環法
單車賽」個人總成績第
一名的選手所穿的黃色
運動上衣；運動的人所
穿的運動上衣都叫做
maillot (m.) [majo]。

★日本的武術或其他國際武術統稱為Arts martiaux (m. pl.) [ar marsjo]。

⑭足球
football (m.)
[futbo:l]/football, soccer
光說foot (m.)[fut]也可以。

⑮體育場
stade (m.)
[stad]/stadium
「得分」marquer le
point [marke lə pwɛ̃]

⑯隊伍
équipe (f.)
[ekip]/team
地區性隊伍的教練叫
entraîneur (m.)
[ɑ̃ trɛnœ:r]；國家隊的
教練叫 sélectionneur
(m.) [selɛksjɔ̃ nœ:r]。

⑰開球
coup d'envoi (m.)
[kup dɑ̃vwa]/kick off

⑱球門
but (m.)
[by(t)]/goal
「守門員」gardien de but
(m.) [gardjɛ̃ də by(t)]

⑲足球（單指「球」）
ballon de football (m.)
[balɔ̃ də futbo:l]/football

⑳裁判
arbitre (m.)
[arbitr]/referee
「吹哨子」是coup de sifflet
(m.) [kup də siflɛ]

㉑犯規
faute (f.)
[fo:t]/fault

㉒黃牌
carton jaune (m.)
[kartɔ̃ ʒo:n]/yellow card

㉓球迷
supporter (m.)
[syportɛ]/supporter

㉔網球
tennis (m.)
[tenis]/tennis
「單打」jeu simple (m.) [ʒø sɛ̃:pl]
「雙打」jeu double (m.) [ʒø dubl]

㉕球拍
raquette (f.)
[rakɛt]/racket

㉖網球場
court de tennis (m.)
[kur də tenis]/tennis court
「球網」filet (m.) [filɛ]

㉗網球(指球)
balle de tennis
[bal də tenis]/tennis ball
「打球」frapper une balle
[frape yn bal]

★球類比賽中，使用的小球叫balle (f.) [bal]，大球則叫ballon (m.) [balɔ̃]。

MP3-53

在美術館、博物館
Aux musées
[o myze]

① 美術館、博物館
musée (m.)
[myze]/museum

② 售票處
billetterie (f.)
[bijɛtri]/ticket booth

③ 門票
billet (m.)
[bijɛ]/ticket
也可以說ticket (m.) [tikɛ]。
「一般票價」tarif normal (m.)
[tarif nɔrmal]
「優待票價」tarif réduit (m.)
[tarif redɥi]

④ 安全檢查
contrôle de sécurité (m.)
[kɔ̃tro:l də sekyrite]/security check

⑤ 服務台
information (f.)
[ɛ̃fɔrmasjɔ̃]/information

⑥ 附導覽員之參觀行程
visite guidée (f.)
[vizit gide]/guided tour

⑦ 排隊
faire la queue
[fɛ:r la kø]/stand in line

⑧ 藝術品
œuvre d'art (f.)
[œ:vr dar]/artwork

⑨ 繪畫
peinture (f.)
[pɛ̃ty:r]/painting
「油畫」peinture à l'huile (f.)
[pɛ̃ty:r a lɥil]
「水彩畫」aquarelle (f.) [akwarɛl]
「素描」dessin (m.) [desɛ̃]
「草圖」esquisse (f.)[ɛskis]

● **主題豐富的巴黎美術館**

全世界為數眾多的美術館中，羅浮宮與奧塞美術館可說是一生必訪之地。羅浮宮以收藏古典作品為主，包括文藝復興時期的藝術巨匠達文西過世前珍藏的「蒙娜麗莎的微笑」、愛琴海發現的名作「米羅的維那斯」雕像、還有埃及、亞洲、歐洲等地從古代到現代的建築、雕刻、繪畫、陶藝品等，這些大師級作品都在美術館依不同時代及地區分類中展出。奧塞美術館則收藏許多近代繪畫之父塞尚、印象派莫內、雷諾瓦、高更、竇加等藝術大師

⑩肖像
portrait (m.)
[pɔrtrɛ]/portrait

⑪靜物畫
nature morte (f.)
[natyːr mɔrt]/still life

⑫雕刻
sculpture (f.)
[skylty:r]/sculpture

⑬大理石
marbre (m.)
[marbr]/marble

⑭石膏
plâtre (m.)
[plɑ:tr]/plaster

⑮青銅
bronze (m.)
[brɔ̃:z]/bronze

⑯展覽會
exposition (f.)
[ɛkspozisjɔ̃]/exhibition

⑰美術館內商店
boutique du musée (f.)
[butik dy myze]/museum shop

⑱目錄
catalogue (m.)
[katalɔg]/catalog

⑲禁止進入
passage interdit (m.)
[pasaːʒ ɛ̃tɛrdi]/no entry

⑳禁止使用閃光燈
flash interdit (m.)
[flaʃ ɛ̃tɛrdi]/no flash light

㉑「禁止攝影。」
Il est interdit de prendre des photos.
[ilɛ ɛ̃tɛrdi də prɑ̃dr de fɔto]

的作品。不論何時，巴黎的美術館總是吸引大批遊客前來造訪。如果你喜歡近代與現代藝術，不妨到龐畢度中心一遊。歐洲首屈一指的吉美藝術博物館(Musée Guimet)，是佛教藝術寶庫，非常值得參觀。此外，布利碼頭博物館，是座充滿綠意的獨特建築物，這裡擁有過去國立人類學博物館保存的非洲、亞洲、大洋洲的原始藝術文物，相當受到大眾的歡迎。

電影、戲劇、舞台劇等
Spectacles
[spɛktakl]

① 電影
film (m.)
[film]/film, movie

② 電影院
cinéma (m.)
[sinema]/cinema
「去看電影」aller au cinéma
[ale o sinema]

③ 演員
comédien (m.)
[kɔ̃medjɛ̃]/actor

comédienne (f.)
[kɔ̃medjɛn]/actress

④ 明星
vedette (f.)
[vədɛt]/star

⑤ 主角
rôle principal (m.)
[ro:l prɛ̃sipal]/leading role

⑥ 配角
second rôle (m.)
[s(ə)gɔ̃ ro:l]/supporting role

⑦ 電影導演
metteur en scène (m.)
[mɛtœ:r ɑ̃ sɛn]/movie director

⑧ 卡通電影
film d'animation (m.)
[film danimasjɔ̃]/animated movie

⑨ 劇、劇院
théâtre (m.)
[tea:tr]/theater
巴黎除了電影院之外，還有
各式各樣的劇院，上演著從
古典劇到現代喜劇等作品。

⑩ 戲劇作品
pièce de théâtre (f.)
[pjɛs də tea:tr]/play, drama

⑪ 座位
place (f.)
[plas]/seat

⑫ 太棒了！
Bravo!
[bravo]/well done!

⑬ 笑
rire
[ri:r]/laugh

⑭ 高興的
ravi(e)
[ravi]/delighted

⑮ 哭泣
pleurer
[plœre]/cry

★不管是在日常生活或是在戲劇中，總會發生令人出乎意料的事件，像這樣具「戲劇性」的事件就
叫做coup de théâtre (m.) [ku də tea:tr]

⑯感動
émouvant
[emuvã]

émouvante
[emuvã:t]/touching

⑰精彩的、出色的
splendide
[splãdid]/magnificent

⑱藝術性的
artistique
[artistik]/artistic

⑲普通的、馬馬虎虎的
comme-ci, comme-ça
[kɔmsi kɔmsa]/so-so, okay

⑳無趣的
peu intéressant
[pø ɛ̃teresã]

peu intéressante
[pø ɛ̃teresã:t]/boring, unattractive

㉑失望的
décevant
[desəvã]

décevante
[desəvã:t]/
disappointing

㉒歐德翁國家劇院
Théâtre de l'Odéon (m.)
[teɑ:tr də lɔdeɔ̃]/Odeon Theater
18世紀創立的新古典派劇院，1784年4月27日在瑪麗王妃前上演「費加洛婚禮」。

㉓法蘭西劇院
Comédie Française (f.)
[kɔmedi frãsɛ:z]/Comédie Française
17世紀由路易14世創立，法國代表性國家劇院。除莫里哀、拉辛的經典名劇外，從古希臘時期、莎士比亞到現代作品都有演出。

㉔林蔭大道劇院
théâtre de boulevard (m.)
[te:ɑtr də bulva:r]/Boulevard Theater
上演較貼近日常生活的通俗劇或喜劇。

㉕咖啡館劇院
café-théâtre (m.)
[kafete:ɑtr]/Cafe Theater
小型喜劇劇院，上演搞笑表演或單口相聲這類作品。

㉖搞笑藝人、諧星
humoriste (n.)
[ymɔrist]/comedian
指在咖啡館劇院表演的藝人。通常以單人或兩人搭檔，演出的主題非常多，從戀愛、宗教、個人、政治、移民或治安敗壞等嚴重社會問題都有。內容充滿幽默感，非常受到歡迎。這一類的搞笑作品叫做sketch (m.) [skɛtʃ]。

㉗夜總會
cabaret (m.)
[kabarɛ]/pub, bar
「麗都」Lido (m.) [lido]和拍成電影的「紅磨坊」Moulin Rouge (m.) [mulɛ̃ ru:ʒ]是最著名的夜總會。充滿性感歌曲及舞蹈，可說是值得鑑賞的舞台藝術，女性也可偕男性友人一同觀賞。

★法國不但是「文學大國」，亦是「戲劇大國」。各式劇院，上演著從古典劇、現代劇或喜劇等不同戲劇作品。法國電影明星也常在劇場演出，這是證明自己演技的最好方式。

享受音樂
Les plaisirs de la musique
[le plɛzi:r də la myzik]

① 演奏音樂
interpréter de la musique
[ɛ̃terprete də la myzik]/perform music
也可以說faire de la musique [fɛ:r də la myzik]，或jouer de la musique[ʒwe də la myzik]。

② 音樂家
musicien (m.)
[myzisjɛ̃]
musicienne (f.)
[myzisjɛn]/musician

③ 歌手
chanteur (m.)
[ʃɑ̃tœ:r]
chanteuse (f.)
[ʃɑ̃tø:z]/singer

④ 歌唱
chant (m.)
[ʃɑ̃]/singing

⑤ 爵士樂
jazz (m.)
[dʒa:z]/jazz
「法式搖滾樂」rock français (m.)
[rɔk frɑ̃sɛ]
「世界音樂」(譯註：一種偏向傳統民族風格的音樂) musique du monde (m.) [myzik dy mɔ̃:d]

⑥ 香頌
chanson française (f.)
[ʃɑ̃sɔ̃ frɑ̃sɛ:z]/French song
香頌天后伊迪絲‧皮耶芙Edith Piaf著名的歌曲有「愛的禮讚」Hymne à l'amour [imn a lamu:r]、「在巴黎的天空下」Sous le ciel de Paris[su lə sjɛl də pari]以及「玫瑰人生」La vie en rose[la vi ɑ̃ ro:z]等。

⑭ 樂器
instruments de musique (m. pl.)
[ɛ̃strymɑ̃ də myzik]/instruments

⑮ 吉他
guitare (f.)
[gita:r]/guitar
「吉他演奏者」guitariste (n.) [gitarist]

⑯ 喇叭
trompette (f.)
[trɔ̃pɛt]/trumpet
「喇叭吹奏者」trompettiste (n.)[trɔ̃pɛtist]

⑰ 薩克斯風
saxophone (m.)
[saksɔfɔn]/saxophone
「薩克斯風吹奏者」是saxophoniste (n.)。[saksɔfɔnist]

⑱ 手風琴
accordéon (m.)
[akɔrdeɔ̃]/accordion
「手風琴彈奏者」accordéoniste (n.)。
[akɔrdeɔnist]
地鐵車廂內經常看到有人彈奏手風琴，以賺取零錢。

⑲ 鼓
batterie (f.)
[batri]/drums
「鼓手」batteur (m.) [batœ:r] / batteuse (f.)。
[batø:z]

★表演開始前會聽到許多人互以「bon(bonne)...！」打招呼，如果在音樂會前說Bon concert！
[bɔ̃ kɔ̃sɛ:r]就是「祝你有個美好的音樂會！」之意。

7 享受藝文休閒活動

⑫合唱團、唱詩班
chœur (m.)
[kœːr]/choir
「合唱團團員」choriste
(n.) [kɔrist]

⑬合唱
chorus (m.)
[kɔrys]/chorus

⑦古典音樂
musique classique (f.)
[myzik klasik]/classical music

⑧歌劇
opéra (m.)
[ɔpera]/opera
喜劇風格的輕歌劇是opérette
(f.) [ɔperɛt]

⑨芭蕾
ballet (m.)
[balɛ]/ballet
也可以說danse classique (f.)
[dãːs klasik]，巴黎國家芭蕾舞團將
舞者依其舞技與藝術性分為五個等級
的地位，達到最高等級、地位最崇高
的舞者叫做étoile (f.) [etwal]。

⑩音樂會
concert (m.)
[kɔ̃sɛːr]/concert
「音樂會會場」是salle de concert
(f.)。[sal də kɔ̃sɛːr]

⑪交響樂指揮家
chef d'orchestre (m.)
[ʃɛf dɔrkɛstr]/conductor

⑳小提琴
violon (m.)
[vjɔlɔ̃]/violin
「小提琴演奏者」
violoniste (n.) [vjɔlɔnist]

㉑鋼琴
piano (m.)
[pjano]/piano
「鋼琴家、鋼琴演奏者」
pianiste (n.) [pjanist]
「彈鋼琴」jouer du piano。
[ʒwe dy pjano]

㉒長笛
flûte traversière (f.)
[flyt travɛrsjɛːr]/flute
「吹奏長笛者」flûtiste (n.) [flytist]

● **巴黎的兩座歌劇院**

來到了法國，不妨奢侈一下，到此
地欣賞法國著名的歌劇表演，感受
一下豪華的舞台與醉人的音樂。目
前巴黎有兩座歌劇院，在歌劇院區
的加尼葉歌劇院(l'Opéra
Garniér)，是巴黎歷史悠久的國家
歌劇院，上演過各式各樣的歌劇。
1983年，巴士底廣場興建了一座
現代化的巴士底歌劇院(l'Opéra
Bastille)之後，大型的歌劇或芭蕾
舞公演大多都在這裡舉行，加尼葉
歌劇院(l'Opéra Garniér)則以芭
蕾舞作品為中心，並偶爾有小規模
的歌劇演出。

129

豐富的藝文生活

　　歐洲的大型會計監查公司曾對調派海外的企業人士做問卷調查，結果顯示，大多數人認為「工作環境以英國或德國最好，論居住環境的話，法國則是最棒的，理由是法國的藝文設施最豐富，生活品質最佳」。

　　法國的社會機構提供的健檢問卷調查中，除了詢問吸煙、喝酒、日常運動量等問題之外，還有「最近有沒有觀賞電影、戲劇或其他藝術作品？」之類的問題。一般人認為接觸藝術文化是很高尚的活動，但對這個國家而言，卻是日常生活不可或缺的要素。豐富的文化生活，支持著法國人的心理健康。

　　透過藝術與文化來豐富人生的想法，與「樂於助人」的文化也有很大的關係，法國有許多「人道活動」的傳統仍持續進行當中。不僅僅是法國國內、對於全世界所發生的天災、飢餓、貧困、虐待、疾病、或種族歧視等問題，法國總是有許許多多不分年齡的義工參與各地的救助活動，十分窩心。

　　順道一提，根據法國的法律，若碰到任何人有瀕臨死亡的危險，不論對方的國籍、宗教為何，都必須予以救助，否則視同犯罪的行為。這是一項人人須知的重要法律條例。

◆ 人道活動相關用語 ◆

募款	**don** (m.) [dɔ̃]
人道活動	**action humanitaire** (f.) [aksjɔ̃ ymanitɛ:r]
非營利團體 (NPO)	**association à but non lucratif** (f.) [asɔsjasjɔ̃ a by nɔ̃ lykratif]
反飢餓行動團體	**action contre la faim** (f.) [aksjɔ̃ kɔ̃:tr la fɛ̃]
紅十字會	**Croix-Rouge** (f.) [krwaru:ʒ]
無國界醫師團隊	**Médecins sans frontière** (m. pl.) [mɛdsɛ̃ sã frɔ̃tjɛ:r]
法國基金	**Fondation de France** (f.) [fɔ̃dasjɔ̃ də frã:s]
天主教救助協會	**Secours Catholique** (m.) [s(ə)ku:r katɔlik]

8

法國的社會

Dans la société

[dɑ̃ la sɔsjete]

　　法國是個不折不扣的精英社會。不論教育方面或職業方面，都分成了「少數精英份子」與「其他人」兩種。也許有不少人認為懶散的法國人很多，但是能力出眾的「超精英份子」卻有辦法在社會上擔任掌舵的角色。相反的，日本是個人人勤奮、卻過份注重他人目光的民族。利用法日不同的民族性合作，能互補對方不足，也曾聽說不少法日企業合作成功的案例。

工作
La vie professionnelle
[la vi prɔfesjɔnɛl]

①工作
travail (m.)
[travaj]/work
「生意、商業活動」是affaires (f. pl.)。[afɛːr]

②公司
société (f.)
[sɔsjete]/company
société有「社會、群體」之意。
「總店、總公司」siège social
(m.) [sjɛːʒ sɔsjal]
「分店」branche (f.) [brãːʃ]

③工廠
usine (f.)
[yzin]/factory
「工廠、製造業」
manufacture (f.)
[manyfakty:r]這個字原本是
以「手工業」為出發點，現
在則是指以人類技術為重的
「製造業」。

④職員、雇員
employé (m.)
[ãplwaje]

employée (f.)
[ãplwaje]/employee

⑤公司職員
employé(e) d'une société
[ãplwaje dyn sɔsjete]/
也可以說salarié(e) d'une
société。[salarje dyn sɔsjete]

⑥秘書
secrétaire (n.)
[s(ə)kretɛːr]/secretary

⑦薪水
salaire (m.)
[salɛːr]/salaly

⑧辦公室
bureau (m.)
[byro]/office

⑨櫃台接待
accueil (m.)
[akœj]/reception
「櫃台接待員」
réceptionniste (n.)
[resɛpsjɔnist]

⑩打電話
téléphoner
[telefɔne]/call
「打電話給～」
téléphoner à～
[telefɔne a]

⑪拷貝
faire une copie
[fɛːr yn kɔpi]/make a copy

⑫傳真
télécopie (f.)
[telekɔpi]/fax
「送傳真」是envoyer par fax
[ãvwaje pa faks] 或faxer [fakse]

⑬文件
dossier (m.)
[dosje]/folder

⑭出差
voyage d'affaires (m.)
[vwajaːʒ dafɛːr]/business trip

⑮檔案、文件夾
classeur (f.)
[klasœːr]/binder

⑯原子筆
stylo à bille (m.)
[stilo a bij]/ball-point pen

★法國人不論是處理婚姻、居留、聘雇等問題，都需公證人等專業人士協助。「公證人」notaire
(n.) [nɔtɛːr]、「司法官」juriste (m.) [ʒyrist]「律師」avocat(m.) [avɔka] / avocate (f.)[avɔkat]

⑰董事長
président (m.)
[prezidã]

présidente (f.)
[prezidã:t]/president
「董事」administrateur (m.)
[administratœ:r] /
admistratrice (f.)
[administratris]

⑱副董事長
vice-président (m.)
[visprezidã]

vice-présidente (f.)
[visprezidã:t]/vice president

⑲經理
directeur (m.)
[dirɛktœ:r]

directrice (f.)
[dirɛktris]
/director

⑳主任
chef de service (m.)
[ʃɛf də sɛrvis]/leader of the
department

㉑會議
réunion (f.)
[reynjɔ̃]/meeting
「會議室」salle de
réunion (f.) [sal də
reynjɔ̃]

㉒財政、金融
finance (f.)
[finã:s]/finance

㉓工業
industrie (f.)
[ɛ̃dystri]/industry

㉔IT產業(資訊科技產業)
industrie informatique (f.)
[ɛ̃dystri ɛ̃fɔrmatik]/IT industry

㉕職業
profession (f.)
[prɔfɛsjɔ̃]/profession

㉖商業
commerce (m.)
[kɔmɛrs]/trade, commerce

㉗農業
agriculture (f.)
[agrikylty:r]/agriculture
「農場」ferme (f.) [fɛrm]

㉘企業家
homme d'affaires (m.)
[ɔm dafɛ:r]/businessman

femme d'affaires (f.)
[fam afɛ:r]/businesswoman

㉙投資家
investisseur (n.)
[ɛ̃vɛstisœ:r]/investor

在學校
La vie scolaire
[la vi skɔlɛːr]

①學校
école (f.)
[ekɔl]/school
法國和台灣的教育體系(小學、國中、高中、大學)是完全不同的。

②教育
éducation (f.)
[edykasjɔ̃]/education

③幼稚園
école maternelle (f.)
[ekɔl matɛrnɛl]/nusery school
以2歲到6歲的兒童為對象。

④小學
école primaire (f.)
[ekɔl primɛːr]/elementary school
以6歲到11歲的兒童為對象。

⑤小學生
écolier (m.)
[ekɔlje]
ecolière (f.)
[ekɔljɛːr]/elementary school student

⑥中學
collège (m.)
[kɔlɛːʒ]/junior high school
完成école primaire後，從11歲開始就讀4年。

⑦中學生
collégien (m.)
[kɔleʒjɛ̃]
collégienne (f.)
[kɔleʒjɛn]/junior high school student

⑧高中
lycée (m.)
[lise]/secondary school
collége畢業後，從15歲開始就讀。

⑨高中生
lycéen (m.)
[liseɛ̃]
lycéenne (f.)
[liseɛn]/secondary school student

⑩大學
université (f.)
[ynivɛrsite]/university
基本上法國的大學全部都是公立的。

⑪高等學院
grandes écoles (f. pl.)
[grɑ̃:d ekɔl]/
為培育精英所設立的教育機構，入學條件非常嚴苛，與一般大學所教授的內容不同，因此無法單純的做比較。此為法國獨有的教育制度。

⑫大學生
étudiant (m.)
[etydjɑ̃]
étudiante (f.)
[etydjɑ̃:t]/college student

⑬教授、老師
professeur (m.)
[prɔfɛsœːr]/professor

⑭畢業
fin d'étude (f.)
[fɛ̃ detyd]/graduate

⑮法國高中畢業會考
baccalauréat (m.)
[bakalɔrea]/university entrance exam
口語上說bac (m.) [bak]。這是法國高
中生畢業時參加的國家統一考試,通
過這項考試的話,原則上就取得了任
何一家大學的入學資格。

⑯證書、文憑
diplôme (m.)
[diplom]/diploma, degree

⑰入學
admission (f.)
[admisjɔ̃]/admission
也可以說inscription (f.)
[ɛ̃skripsjɔ̃]。

⑱教室
classe (f.)
[klas]/classroom

⑲導師
maître (m.)
[mɛtr]

maîtresse (f.)
[mɛtrɛs]/school teacher
教授專門科目的老師叫
professeur (m.) [prɔfɛsœ:r]。

⑳學生
éléve (n.)
[elɛ:v]/pupil, student

㉑同班同學
camarade de classe (n.)
[kamarad də klas]/classmate
也可以說collègue de classe (n.)
[kɔ(l)lɛg də klas]。

㉒教科書
manuel scolaire (m.)
[manuɛl skɔlɛ:r]/textbook
也可以說livre scolaire (m.)
[li:vr skɔlɛ:r]。

㉓筆記本
cahier (m.)
[kaje]/notebook

㉔書包
cartable (m.)
[kartabl]/schoolbag

㉕鉛筆
crayon (m.)
[krɛjɔ̃]/pencil

㉖色鉛筆
crayon de couleur (m.)
[krɛjɔ̃ də kulœ:r]/colored pencil

㉗橡皮擦
gomme (f.)
[gɔm]/eraser

㉘尺
règle (f.)
[rɛgle]/ruler

㉙三角板
équerre (f.)
[ekɛ:r]/set-square

★「親師聯誼會」PTA (association de parents d'élèves et professeurs)[asɔsjasjɔ̃ də parɑ̃
d elɛ:v e prɔfɛsœ:r]「家長會」réunion de parents (m.) [reynjɔ̃ də parɑ̃]

在銀行
A la banque
[a la bã:k]

①銀行
banque (f.)
[bã:k]/bank

②營業櫃台
guichet (m.)
[giʃɛ]/counter, window

③銀行員
banquier (m.)
[bãkje]

banquière (f.)
[bãkjɛ:r]/bank clerk

④儲蓄帳戶
compte d'épargne (m.)
[kɔ̃:t deparɲ]/savings account
épargne (f.)是「儲蓄、節儉」
的意思。

⑤一般帳戶
compte-courant (m.)
[kɔ̃:tkurã]/checking account

⑥開戶
ouverture de compte (f.)
[uvɛrty:r də kɔ̃:t]/to open an account

⑦銀行匯款
transfert bancaire (m.)
[trãsfɛ:r bãkɛ:r]/bank transfer

⑧兌換錢幣
change (m.)
[ʃã:ʒ]/exchange
「兌換商」是agent de
change (m.) [aʒã də ʃã:ʒ]或
cambiste (m.) [kãbist]。

⑨支付
paiement (m.)
[pɛmã]/payment
也可以說règlement (m.)
[rɛglmã]。

⑩現金
espèces (f. pl.)
[ɛspɛs]/cash

⑪支票
chèque (m.)
[ʃɛk]/check
「用支票付」par chèque[par ʃɛk]
「支票本」chèquier (m.) [ʃekje]

⑫信用卡
carte de crédit (f.)
[kart də kredi]/credit card

⑬鈔票、紙幣
billet (m.)
[bijɛ]/bill

⑭「我要開戶。」
Je voudrais ouvir un compte bancaire.
[ʒə vudre uvri:r œ̃ kɔ̃:t bãkɛ:r]

Je voudrais+動詞，是表達「我想做～」的禮貌說法。

★argent[arʒɛ̃]原本是「銀」的意思。

⑮ATM(自動提款機)

distributeur de billet automatique (m.)

[distribytœːr də bijɛ ɔtɔmatik]/Automatic Teller Machine

也可以光說guichet automatique (m.) [giʃɛ ɔtɔmatik]。

⑯ 帳戶明細表

relevé de compte bancaire (m.)

[rəl(ə)ve də kɔ̃ːt bɑ̃kɛːr]/bank statement

會話省略說法relevé bancaire (m.)。法國人不用
存摺簿，因此銀行每月會寄送帳戶明細給客戶。

⑰存款	⑲餘額
dépôt (m.)	**solde** (m.)
[depo]/deposit	[sɔld]/balance
⑱貸款	⑳支出、花費
crédit (m.)	**dépense** (f.)
[kredi]/deposit	[depɑ̃ːs]/expense, cost

㉑「我想領現金出來。」

Je voudrais faire un retrait en espèces.

[ʒə vudre fɛːr œ̃ rɛtrɛ ɑ̃ nɛspɛs]

㉒外匯、貨幣

devise (f.)

[dəviːz]/currency

monnaie (f.)

[mɔnɛ]/currency

monnaie也可以當「零錢」的
意思。

㉓歐元

euro (m.)

[øro]/euro

歐洲的共通貨幣。

「共通貨幣」monnaie unique
(f.) [mɔnɛ ynik]

「用歐元算」en euro [ɑ̃ øro]

㉔生丁(法國貨幣單位)

centime (m.)

[sɑ̃tim]/centime

100 centime =1 euro

㉕外幣

devise étrangère (f.)

[dəviːz etrɑ̃ʒɛːr]/foreign currency

大眾傳播、媒體
Communication de masse, média
[kɔmynikasjɔ̃ də mas]　[medja]

① 新聞

journal (m.)
[ʒurnal]/newspaper, journal
journal也有「日記」的意思，「安妮的日記」就是 Journal d'Anne Frank (m.) [ʒurnal dan frãk]

② 日報

quotidien (m.)
[kɔtidjɛ̃]/daily paper
法國主要的報紙有《世界報 Le Monde》[lə mɔ̃:d]、《Le Figaro費加洛報》[lə figaro]、《回聲日報Les Echos》[le seko]等，這些報紙都是每日發行一次。

③ 書報攤

kiosque (m.)
[kjɔsk]/stand, kiosk

④ 記者

journaliste (n.)
[ʒurnalist]/journalist

⑤ 文章

article (m.)
[artikl]/article

⑥ 雜誌

magazine (m.)
[magazin]/magazine

revue (f.)
[rəvy]/magazine
以照片為主的雜誌叫magazine，以文字為主的雜誌叫revue。

⑦ 週刊

revue hebdomadaire (f.)
[rəvy ɛbdɔmadɛ:r]/weekly magazine
也可以說magazine hebdomadaire (m.) [magazin ɛbdɔmadɛ:r]。

⑧ 女性雜誌

magazine féminin (m.)
[magazin feminɛ̃]/women's magazine
像ELLE或VOGUE這類女性雜誌也有出「日文版」édition japonaise (f.) [edisjɔ̃ ʒapɔnɛ:z]。

★在法國經常看到開計程車的外國移民，在駕駛時聽著廣播裡祖國的新聞。就算網路與電視如此盛行，但對於這些移民人口而言，廣播就像是不可或缺的生活必需品。

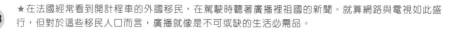

⑨電視節目
programme de télévision (m.)
[prɔgram də televizjɔ̃]/TV program

⑩電視頻道
chaîne de télévision (f.)
[ʃɛn də televizjɔ̃]/TV channel

⑪現場直播
émission en direct (f.)
[emisjɔ̃ ɑ̃ dirɛkt]/live broadcast

⑫新聞報導
reportage (m.)
[rəpɔrtaːʒ]/report

⑬採訪
interview (f.)
[ɛ̃tɛrvju]/interview

⑭評論員
commentateur (m.)
[kɔ(m)mɑ̃tatœːr]

commentatrice (f.)
[kɔ(m)mɑ̃tatris]/
commentator

⑮天氣預報
météorologie (f.)
[meteɔrɔlɔʒi]/weather forecast
一般用簡略的météo (f.) [meteo]就
可以了。

⑯廣播
radio (f.)
[radio]/radio

⑰廣播節目
émission de radio (f.)
[emisjɔ̃ də radio]/radio program
說programme de radio (m.)
[prɔgram də radio]也OK。

⑳音量
volume (m.)
[vɔlym]/volume
「音量轉小」baisser
le volume [bese lə
vɔlym]
「音量轉大」monter
le volume [mɔ̃te lə
vɔlym]

⑱聽廣播節目
écouter la radio
[ekute la radio]/listen to
the radio

㉑聲音
son (m.)
[sɔ̃]/sound

⑲播放中
sur l'antenne
[syr lɑ̃tɛn]/on air

㉒聽眾
auditeur (m.)
[oditœːr]

auditrice (f.)
[oditris]/listener

★「電視連續劇」feuilleton télévisé (m.) [fœjtɔ̃ televize]
「綜藝節目」programme de divertissement (m.) [prɔgram də divertismɑ̃]
「談話節目」débat télévisé (m.)。 [deba televize]

政治制度
Système politique
[sistɛm pɔlitik]

①政府、政治制度
gouvernement (m.)
[guvɛrnəmɑ̃]/government

⑤國家元首
chef d'Etat (m.)
[ʃɛf deta]/the head of state

⑦首相
premier ministre (m.)
[prəmje ministr]/the prime
minister

②國家
Etat (m.)
[eta]/country
字首必須大寫。

⑥總理、總統
président (m.)
[prezidɑ̃]/president
法國沒有副總統。

③共和制
république (f.)
[repyblik]/republic
用來當「共和國」
République時，
字首要大寫。

④民主政治
démocratie (f.)
[demɔkrasi]/
democracy

⑧總統官邸
résidence du président (f.)
[rezidɑ̃:s dy prezidɑ̃]/residence of the
President
法國總統官邸別名為「愛麗舍宮」le
Palais de l'Elysée (m.) [lə palɛ də
lelize]。

⑨首相官邸
**résidence du premier
ministre** (f.)
[rezidɑ̃:s dy prəmje ministr]/residence of
the Prime Minister
別名為「馬提尼翁公館」 l'hôtel
Matignon (m.) [lɔtɛl matiɲɔ̃]。

⑩政府部門
ministère (m.)
[ministɛ:r]/department
「外交部」ministère des
affaires étrangères (m.)
[ministɛ:r de safɛ:r
etrɑ̃ʒɛ:r]

⑪部長、大臣
ministre (n.)
[ministr]/minister

⑫公務員
fonctionnaire (n.)
[fɔ̃ksjɔnɛ:r]/public servant

⑬大使館
ambassade (f.)
[ɑ̃basad]/embassy
「大使」的說法是
ambassadeur (m.)
[ɑ̃basadœ:r] /
ambassadrice (f.)
[ɑ̃basadris]。

⑭外交
diplomatie (f.)
[diplɔmasi]/diplomacy
「外交官」diplomate
(n.) [diplɔmat]，形容擅長
與人社交的人也可以用這
個字。

★「君主制度」monarchie (f.) [mɔnarʃi]「帝政」empire (m.) [ɑ̃pi:r]「獨裁、專政」dictature
(f.) [diktaty:r]

⑮國會
parlement (m.)
[parləmɑ̃]/parliament
法國國會是由元老院
(上議院)與國民議會
(下議院)所組成的兩
院制。國民議會擁有
優先權,元老院則是
做為諮詢機構。

⑯元老院(上議院)
sénat (m.)
[sena]/senate

⑰元老院議員(上議員)
sénateur (m.)
[senatœ:r]

sénatrice (f.)
[senatris]/senator

⑱國民議會(下議院)
assemblée nationale (f.)
[asɑ̃ble nasjɔnal]/National Assembly

⑲國會議員
député (m.)
députée (f.)
[depyte]/member of parliament

⑳政黨
parti politique (m.)
[parti pɔlitik]/political party

㉑執政黨
parti au pouvoir (m.)
[parti o puvwa:r]/the ruiling party

㉒在野黨
parti d'opposition (m.)
[parti dɔpozisjɔ̃]/opposition party
「社會黨的」(parti)
Socialiste [(parti) sɔsjalist]
「中間派的」(parti) Centriste
[(parti) sɑ̃trist]
「環保主義政黨」(parti)
Écologique [(parti) ekɔlɔʒik]
「綠黨」(parti) les Vertes
[(parti) le vɛrt]
「共產黨的」(parti)
Communiste [(parti) kɔmynist]
「極右的」(parti) Extrême
droite [(parti) ɛkstrɛm dwa:t]

㉓選舉
élection (f.)
[elɛksjɔ̃]/election

㉔投票
vote (m.)
[vɔt]/vote
「公民投票」
référendum (m.)
[referɛ̃dɔm]

● **法國的政治制度**
法國在18世紀大革命時期廢除
國王制。之後經過復辟與拿破
崙帝政,發展出民主主義掛帥
的共和制。法國脫離納粹德軍
統治後,從總統戴高樂上任開
始,到目前為止是屬於法國的
第五共和制。在法國,人人都
對政治明確表達自己的意見與
立場,政治評論與政治批判非
常興盛。此外,法國自古就擁
有優越的外交手段,對於歐盟
國家、阿拉伯國家或非洲等問
題的發言,在國際上相當受到
重視,也有極大影響力。

★「皇室」famille royale (f.) [famil rwajal]「國王」roi (m.) [rwa]「女王、王妃」reine (f.)
[rɛn]「王子」prince (m.) [prɛ̃:s]「公主」princesse (f.)。[prɛ̃sɛs]

法國的主要都市名稱
Les principales villes de France
[le prɛ̃sipal vil də frã:s]

①法國
France (f.)
[frã:s]/France

②國家
pays (m.)
[pei]/country

③首都
capitale (f.)
[kapital]/capital

④都市
ville (f.)
[vil]/city

⑤敦克爾克
Dunkerque
[dœ̌kɛrk]

⑥亞眠
Amiens
[amjɛ̃]

⑦勒阿弗爾
Le Havre
[lə a:vr]

⑧魯昂
Rouen
[rwã]

⑨巴黎
Paris
[pari]

⑩勒芒
Le Mans
[lə mã]

⑪聖馬洛
Saint-Malo
[sɛ̃malo]

⑫雷恩
Rennes
[rɛn]

⑬南特
Nantes
[nãt]

⑭奧爾良
Orléans
[ɔrleã]

⑮圖爾
Tours
[tu:r]

⑯普瓦捷
Poitiers
[pwatje]

⑰里摩日
Limoges
[limɔ:ʒ]

⑱波爾多
Bordeaux
[bɔrdo]

⑲土魯斯
Toulouse
[tulu:z]

Bonjour!

Andorre

Espagne

Belgique

Allemagne

Luxembourg

⑳里爾
Lille
[lil]

㉑藍斯
Reims
[rɛːs]

㉒史特拉斯堡
Strasbourg
[strasbuːr]

㉓第戎
Dijon
[diʒɔ̃]

㉔貝桑松
Besançon
[bəzɑ̃sɔ̃]

Suisse

㉕里昂
Lyon
[ljɔ̃]

㉖聖艾蒂安
Saint-Etienne
[sɛ̃tetjɛn]

㉗格勒諾布爾
Grenoble
[grənɔbl]

Italie

㉘蒙彼利埃
Montpellier
[mɔ̃pelje]

㉝尼斯
Nice
[nis]

㉚馬賽
Marseille
[marsɛj]

㉜土倫
Toulon
[tulɔ̃]

㉙卡爾卡松
Carcassonne
[karkasɔ̃]

㉛普羅旺斯地區艾克斯
Aix-en Provence
[ɛksɑ̃prɔvɑ̃ːs]

㉞阿雅克肖
Ajaccio
[aʒaksjo]

世界各國
Les pays du monde
[le pei dy mɔ̃:d]

①歐洲
Europe (f.)
[ørɔp]/Europe

②歐盟
Union Européenne (f.)
[ynjɔ̃ ørɔpɛn]/European Union

③義大利
Italie (f.)
[itali]/Italy
「義大利的」italien[italjɛ̃] / italienne[italjɛn]

④英國
Grands-Bretagne (f.)
[grãbrətaɲ]/Great Britain
「英國的」anglais[ãglɛ] / anglaise [ãglɛːz]

⑤德國
Allemagne (f.)
[almaɲ]/Germany
「德國的」allemand [almã] / allemande [almãːd]

⑥瑞士
Suisse (f.)
[sʯis]/Swiss
「瑞士的」suisse [sʯis]

⑦西班牙
Espagne (f.)
[ɛspaɲ]/Spain
「西班牙的」espagnol [ɛspaɲɔl] / espagnole [ɛspaɲɔl]。

⑧波蘭
Pologne (f.)
[pɔlɔɲ]/Poland
「波蘭的」polonais[pɔlɔnɛ] / polonaise [pɔlɔnɛːz]

⑨俄羅斯
Russie (f.)
[rysi]/Russia
「俄羅斯的」russe [rys]

⑩非洲
Afrique (f.)
[afrik]/Africa
「非洲的」africain[afrikɛ̃] / africaine [afrikɛn]

⑪馬格里布聯盟
Union du Maghreb
[ynjɔ̃ dy magrɛb]/Union of Maghreb
「摩洛哥」Maroc (m.) [marɔk]、「突尼西亞」Tunisie (f.) [tynizi]、「阿爾及利亞」Algérie (f.) [alʒeri]、「利比亞」 Libye (f.)[libi]、「毛里塔尼亞」Mauritanie (f.) [mɔritani]這北非五國是成員國。

⑫南非共和國
République d'Afrique du Sud
[repyblik dafrik dy syd]/Republic of South Africa

⑬中東
Proche-Orient (m.)
[prɔʃɔrjã]/Middle East

⑭沙烏地阿拉伯
Arabie Saoudite (f.)
[arabi saudit]/Saudi Arabia
「沙烏地阿拉伯的」saoudien [saudjɛ̃] / saoudienne [saudjɛn]

⑮埃及
Égypte (f.)
[eʒipt]/Egypt
「埃及的」égyptien[eʒipsjɛ̃] /égyptienne[eʒipsɛn]

⑯土耳其
Turquie (f.)
[tyrki]/Turkey
「土耳其的」turc [tyrk] / turque [tyrk]

⑰黎巴嫩
Liban (m.)
[libã]/Lebanon
「黎巴嫩的」libanais [libanɛ] / libanaise [libanɛːz]

表示「國家」的形容詞，也可變該國語言與該國人民的名詞，當名詞用時，字首要大寫。
- ●形容詞
  「法國的」＝français[frãsε] / française [frãsε:z]
  ＜例＞「法國料理」cuisine française (f.) [kɥizin frãsε:z]
- ●名詞
  「法語、法國人(男性)」Français[frãsε] (m.)、「法國人(女性)」Française [frãsε:z](f.)。

㉔加拿大
Canada (m.)
[kanada]/Canada
「加拿大的」canadien
[kanadjɛ̃] / canadienne
[kanadjɛn]

㉕美國
les Etats-Unis d'Amérique
[lezétazyni damerik]/the
United States of America
也可以說Les Etats-Unis。
「美國的」américain
[amerikɛ̃] / américaine
[amerikɛn]

㉖秘魯
Pérou (m.)
[peru]/Peru
「秘魯的」péruvien[peryvjɛ̃]
/péruvienne [peryvjɛn]

㉗巴西
Brésil (m.)
[brezil]/Brazil
「巴西的」brésilien
[breziljɛ̃] / bresillenne
[breziljɛn]

㉘智利
Chili (m.)
[ʃili]/Chili
「智利的」chilien[ʃiljɛ̃] /
chillenne[ʃiljɛn]

㉙阿根廷
Argentine (f.)
[arʒɑ̃tin]/Argentina
「阿根廷的」
argentin[arʒɑ̃tɛ̃] /
argentine [arʒɑ̃tin]

⑱ 亞洲
Asie (f.)
[azi]/Asia
「亞洲的」
asiatique [azjatik]

⑲印度
Inde (f.)
[ɛ̃:d]/India
「印度的」indien
[ɛ̃djɛ̃] / indienne
[ɛ̃djɛn]

⑳澳洲
Australie (f.)
[ɔstrali]/Australia
「澳洲的」australien
[ɔstraljɛ̃] /
australienne
[ɔstraljɛn]

㉑中國
Chine (f.)
[ʃin]/China
「中國的」chinois[ʃinwa]
/ chinoise[ʃinwa:z]

㉒韓國
Corée (f.)
[kɔre]/Korea
「韓國的」coréen[kɔreɛ̃]
coréenne [kɔreɛn]

㉓日本
Japon (m.)
[ʒapɔ̃]/Japan
「日本的」jponais [ʒapɔnɛ] /
japonaise [ʒapɔnɛ:z]

法語的基本文法

這裡將學習法語必備的基本文法常識，簡單地整理如下：

法文字母 （L'Alphabet Français）

大寫	小寫	發音
A	a	[a]
B	b	[be]
C	c	[se]
D	d	[de]
E	e	[ə]
F	f	[ɛf]
G	g	[ʒe]
H	h	[aʃ]
I	i	[i]
J	j	[ʒi]
K	k	[ka]
L	l	[ɛl]
M	m	[ɛm]
N	n	[ɛn]
O	o	[o]
P	p	[pe]
Q	q	[ky]
R	r	[ɛr]
S	s	[ɛs]
T	t	[te]
U	u	[y]
V	v	[ve]
W	w	[dubləve]
X	x	[iks]
Y	y	[igrɛk]
Z	z	[zɛd]

■ 母音上面的變音符號

為了表示正確的發音，同樣拼法的單字，也會用變音符號做區別。

é   accent aigu

è   accent grave

ê   accent circonflexe

ë   tréma

■ 特殊符號

ç   cédille

《例》**Français**法國人(男性)

œ   (o與e的結合字)

《例》**chœur**合唱團、唱詩班

■h不發音！

法文中的h是不發音的。

《例》**hôtel**   [otɛl] ○

[hotɛl] ✕

○ 名　詞

■ 法文中所有的名詞都有「陽性名詞」與「陰性名詞」的區別

法文中除了「爸爸」或「媽媽」等性別明顯的名詞外，「陽性名詞」與「陰性名詞」並沒有一定規則可循，只能多加背誦。

陽性名詞 **(m.)**
花束
bouquet（單數）

陰性名詞 **(f.)**
花環
guirlande（單數）

「陽性名詞」與「陰性名詞」相同 **(n.)**
花店
fleuriste（單數）

■ 不同形態的複數形

基本上，法文和英文一樣，在字尾加 **-s** 即可，不過這個 **s** 是不發音的。
＜例＞

bouquet → bouquets（花束）　　**guirlande → guirlandes**（花環）

以 **-au**、**-eu**、**-eau** 結尾的單字，複數形必須加 **-x**；而以 **-al** 結尾的單字，複數形要變為 **-aux**。
＜例＞

cheveu → cheveux（頭髮）　　**chapeau → chapeaux**（帽子）

hôpital → hôpitaux（醫院）

以 **-s**、**-x**、**-z** 結尾的單字，單數形與複數形都相同。
＜例＞

bras（手臂）　　**nez**（鼻子）

croix（十字架）**riz**（米）

雖然也有例外的字，但大多有固定的模式可遵循。

> 如果兩個以上的名詞以介系詞連接成另一個詞語，那麼這個詞語的性別，是以介系詞前面的單字性別來決定。
>
> **agent de police**　（警官：直譯是「警察官員」）
>
> 官員　　　　警察
> （陽性名詞）　（陰性名詞）
>
> 這裡的 agent 為陽性名詞，因此就把整個字當做陽性名詞來看。

○ 冠 詞

■ 冠詞分成3種～定冠詞、不定冠詞、部分冠詞

依名詞的性別與單複數而變化。

相當於英文the的定冠詞 ────────────────

[接陽性名詞時]

單數	複數
le vase (那個花瓶)	**les vases** (那幾個花瓶)
l'hôtel (那間旅館)	**les hôtels** (那幾間旅館)

> 接母音或h開頭的名詞，前面的冠詞le或la，必須變成l'，並與名詞結合在一起（也有例外）。

[接陰性名詞時]

單數	複數
la fleur (那朵花)	**les fleurs** (那些花)
l'assiette (那個盤子)	**les assiettes** (那些盤子)

> 冠詞的複數形，不論陰陽性名詞都是同樣形態。

相當於英文a/ an的不定冠詞 ────────────────

[接陽性名詞時]

單數	複數
un pull (一件毛衣)	**des pulls** (幾件毛衣)

[接陰性名詞時]

單數	複數
une robe (一件套裝)	**des robes** (幾件套裝)

> 冠詞的複數形，不論陰陽性名詞都是同樣形態。

加在不可數名詞前的部分冠詞（就意義來說，相當於英文中的some）────────

[接陽性名詞時]

du vin (一些酒)

[接陰性名詞時]

de la bière (一些啤酒)

> 日常會話中，名詞前加上冠詞的用法非常多，因此在記憶單字時，最好把名詞與冠詞的組合一併記下來。

○ 形容詞

■ 形容詞也會隨著所修飾名詞的性別及單複數而產生變化。

基本上，形容詞會接在所修飾的名詞後面。

un film 電影（陽性名詞） **intéressant** 有趣的

une comédie 戲劇（陰性名詞） **intéressante** 有趣的　修飾陰性名詞時形容詞必須加

des comédie 戲劇（陰性名詞、複數形） **intéressantes** 有趣的　名詞為複數時，形容詞也要加 **s**。

■ 接陰性名詞的形容詞字尾

形容詞的字尾有幾種不同的變化。（也有例外）

① 重複最後的子音並加 e

bon → **bon**ne（良好的）

② 把字尾的 -er 變為 -ére

familier → **famili**ère（熟悉的）

③ 把字尾的 -f 變為 -ve

actif → **acti**ve（活躍的）

④ 把字尾的 -eux 變為 euse

sérieux → **séri**euse（認真的）

常用的短音形容詞，通常置於名詞前。

une petite fleur（小花）

des vielles voitures（舊車 /複數）

un joli vêtement（可愛的衣服）

des belles maisons（漂亮的房子/複數）

● 法文的句子結構

■ 法文的句子基本結構是「主詞」＋「動詞」

「您去車站」

〈主語〉	〈動詞〉	
您	去	車站

Vous allez à la gare.

不管多複雜的句子，記得先掌握好主詞與動詞！

■ 主詞人稱（人稱代名詞）

主詞「我」是第一人稱，「你」是第二人稱，「他、她」是第三人稱。每一個人稱都有單數形與複數形。

	單數		複數	
第一人稱	我	**je**	我們	**nous**
第二人稱	你	**tu**	你們 您們（敬稱）	**vous**
	您	**vous**		
第三人稱	他 它（陽性名詞）	**il**	他們 它（陽性名詞）	**ils**
	她 它（陰性名詞）	**elle**	她們 它（陰性名詞）	**elles**

●Point！

● 第二人稱「你(您)」有tu和vous兩種說法，若是和親密的朋友或家人談話，可以用tu。其他時候則用vous。

● vous也可以用於兩人以上的情形，這時，它就有「您們」與「你們」(禮貌說法) 兩種意思。

■ 法文中的動詞，會跟著主詞產生變化

法文中的動詞，必須視主詞的人稱、單複數而有所變化。這就叫做「動詞變化」，這裡以幾個常用的動詞為例，介紹它的動詞變化(現在式)。

	être（是） 相當於英文中的 be 動詞	avoir（擁有） 相當於英文中的 have	aimer（愛）
我 (je/j')	je suis	j'ai	j'aime
你 (tu)	tu es	tu as	tu aimes
他 (il) 它（陽性名詞）	il est	il a	il aime
她 (elle) 它（陰性名詞）	elle est	elle a	elle aime
我們 (nous)	nous sommes	nous avons	nous aimons
你 您們 (vous) 你們	vous êtes	vous avez	vous aimez
他們 (ils) 它們（陽性名詞）	ils sont	ils ont	ils aiment
她們 (elles) 它們（陰性名詞）	elles sont	elles ont	elles aiment

法文動詞有各種
不同的變化！

* 法文的動詞，隨著語尾有幾種變化的規則，但也有不規則變化。此外，動詞還會有過去式與未來式等不同的變化。學習者最好多加背誦。

●Point！

● 在學習動詞變化時，最好像上述表格一樣，將動詞與人稱代名詞一併背誦，若能夠大聲唸出來，記憶效果會更好。

● je (我) 如果碰到母音或 h 開始的動詞，就必須變成 j'，和接下來的動詞結合在一起。

● vous 不管代表的意義為「你(單數)」或「您們/你們(複數)」，其動詞變化都是用第二人稱複數形。

■ **表疑問的3種方式**

法文中，有3種表示疑問的方式。

「您去車站嗎？」

❶**Vous allez à la gare ?** ↗

在句子的最後加上問號，並在說話時將語尾上揚。(超簡單！)

❷**Allez-vous à la gare ?**

將主詞的人稱代名詞與動詞對調，中間加上 -。

❸**Est-ce que vous allez à la gare ?**

在一般句子前面加上 Est-ce que，Est-ce que 就代表「～嗎？」的意思。

■ **否定句**

否定句有下列幾種表示方法。

「我不是大學生。」

Je ne suis pas étudiant(e).

將動詞夾在 ne 與 pas 的中間。

「您不去車站。」

Vous n'allez pas à la gare.

ne 後面的動詞如果是母音或 h 開頭的字，就縮寫成為 n'。

○ 介系詞

法文也和英文一樣，在名詞之前也會加上表示方向、位置和空間的介系詞。
à 和 de 是最常用到的介系詞，請先把它記下來。

■ 首要記憶的代表性介系詞（英文為參考用）

介系詞	意思(英文)	例
à	去～ (to) 朝～的方向 (at)	**à** Tokyo（去東京） **à** cinq heures（5點）
de	～的 (of) 從～ (from)	**de** France（法國的） **de** Paris（從巴黎）
avant	在～之前 [時間] (before、⇔après)	**avant** déjeuner（在午餐前）
après	在～之後 [時間] (after)	**après**-midi（中午過後）
sur	在～上面 (on)	**sur** le toit（在屋頂上）
sous	在～下面 (below)	**sous** la chaise（在椅子下）
avec	和～一起 (with)	**avec** mon ami（和我的朋友一起）
sans	沒有、無～ (without、⇔avec)	**sans** guide（無導遊）
en	在～ [場所‧時間] (in)	**en** France（在法國） **en** hiver（在冬天）
pour	為了～ (for) 往～的方向 (towards)	**pour** votre fils（為了你的兒子） **pour** l'Italie（往義大利）
par	藉由、利用 (by)	**par** taxi（搭計程車）
dans	在～當中 (in)	**dans** le frigo（在冰箱裡）

■ 冠詞與介系詞合體！

介系詞 **à** 和 **de** 的後面如果有冠詞 **le/ les**，就必須將它們結合在一起。

×**à le** musée   →○**au** musée（去美術館）

×**à les** champs   →○**aux** champs（去草原）

×la photo **de le** lac   →○la photo **du** lac（湖泊的照片）

×les cahiers **de les** élèves →○les cahiers **des** élèves（學生們的筆記本）

※如果置於母音或 h 開頭的名詞前，就變成 de + l'（也有例外）。
　＜例＞ revenir de l'hôpital （從醫院回來）

索引

英數

ㄋ

ㄌ

ㄑ

ㄒ

ㄚ

ㄡ

ㄛ

ㄢ

ㄜ

ㄦ

ㄞ

ㄠ

作者

小松久江

東北大學文學部哲學科(美學、西洋美術專攻)入學、法國文學科畢業。曾任法國大型企業的公關，在法期間，除舉辦各種企業宣傳活動外，也與民間團體及媒體合作，策劃許多增進日法兩國交流之文化活動或商業活動。旅居法國20年，嗜好是烹飪、冥想以及按摩。

插畫

河合美波

出生於日本橫濱，目前居住於東京。目前為許多雜誌、書籍、廣告製作插畫。著作有3本。在法國旅行時印象最深刻的是咖啡館、書店與跳蚤市場。(http://www.ne.jp/asahi/tsuki/nami/)

國家圖書館出版品預行編目(CIP)資料

漫步巴黎學法語 / 小松久江著；河合美波繪；
陳琇琳譯. -- 初版. -- 臺北市：笛藤, 2012.06
面；　公分
ISBN 978-957-710-588-2(平裝附光碟片)
1.法語 2.讀本
804.58　　　　　　　　　　101006141

MITETANOSHIMU FRANCE E NO TANGOCHOU
© HISAE KOMATSU 2010
Originally published in Japan in 2010 by IKEDA PUBLISHING CO.,LTD.
Chinese translation rights arranged through TOHAN CORPORATION, TOKYO.

Bienvenue à Paris!
彩・繪・輕・鬆・記
漫步巴黎學法語
〈附MP3〉 定價280元

2012年6月21日 初版第1刷

著 者：小松久江
插 圖：河合美波
翻 譯：陳琇琳
封面・內頁排版：果實文化設計
總 編 輯：賴巧凌
編 輯：賴巧凌・林子鈺
發 行 所：笛藤出版圖書有限公司
地 址：台北市萬華區中華路一段104號5樓

電 話：(02)2388-7636
傳 真：(02)2388-7639
總 經 銷：聯合發行股份有限公司
地 址：新北市新店區寶橋路235巷6弄6號2樓
電 話：(02)2917-8022・(02)2917-8042
製 版 廠：造極彩色印刷製版股份有限公司
電 話：(02)2240-0333・(02)2248-3904
訂書郵撥帳戶：八方出版股份有限公司
訂書郵撥帳號：19809050